Tschingis Aitmatow
Die weiße Wolke
des Tschinggis Chan

Tschingis Aitmatow

Die weiße Wolke des Tschinggis Chan

Aus dem Russischen von
Charlotte Kossuth

Unionsverlag
Zürich

Der Text dieses Bandes ist eine Einzelausgabe des Kapitels 9 aus dem Roman »Ein Tag länger als ein Leben«, Unionsverlag, 1991. In den älteren Ausgaben des Romans ist er nicht enthalten.

Die weiße Wolke des Tschinggis Chan hat Tschingis Aitmatow 1990 als Ergänzung zu »Ein Tag länger als ein Leben« geschrieben, weil die Legende aus politischen Gründen nicht in die Erstausgabe des Romans von 1981 aufgenommen werden konnte.

2. Auflage 1994

Rieterstrasse 18, CH-8059 Zürich, Telefon 01-281 14 00

Umschlaggestaltung: Heinz Unternährer, Zürich
Foto: Jean-Michel Bertrand & Editions A. Barthélemy, Avignon
Foto des Autors: Jürgen Seidel
Druck und Bindung: Ebner Ulm
ISBN 3-293-00198-X

Die Züge in dieser Gegend fuhren von West nach Ost und von Ost nach West …

Die Lokführer der Züge, die sich in den stürmischen Februarnächten durch den weißen Dunst quälten, den die Winde von der kalten Sary-Ösek unentwegt hochtrieben, kostete es nicht wenig Mühe, zwischen den Schneeverwehungen in der Steppe die Ausweichstelle Schneesturm-Boranly auszumachen. Für die Station aber kamen die in Dampf und Schneewirbel gehüllten Nachtzüge aus dem Dunkel und verschwanden wieder wie in einem unruhigen, erregenden Traum …

In solchen Nächten schien die Welt aus dem Urchaos neu geboren zu werden – im eisigen Hauch des eigenen Atems glich die Steppe einem dampfenden Ozean, der aus dem wilden Kampf von Dunkel und Licht entsteht …

Angesichts dieser grenzenlosen Ödnis leuchtete in der Ausweichstelle jede Nacht hindurch, bis zum Morgen, ein Fenster, als plage sich dahinter eine Seele, als wisse ein Kranker dort nicht aus noch ein oder leide jemand an grausamer Schlaflosigkeit. Es war das Fenster der Baracke, in der die Familie von Abutalip Kuttybajew lebte und auf den Vater wartete. Tag für Tag warteten seine Frau und die Kinder auf ihn, auch nachts löschten sie nicht das Licht, und Saripa kürzte einige Male den verrußten Docht in der Lampe. Sooft das Licht dann neu aufflammte, verharrte ihr Blick unwillkürlich auf den schlafenden Kindern – die beiden schwarzköpfigen Jungen schliefen wie ein Welpenpaar. Bei dem bangen Gedanken, ihre Söhne könnten vom Vater träumen, im Traum, so schnell die Füße sie trugen, zu ihm rennen, mit ausgebreiteten Armen weinend und lachend ihm entgegenlaufen und ihn doch nicht erreichen, fröstelte sie in ihrem Hemd, krümmte sich zusammen und preßte die Hände an die Brust.

Auch tagsüber erwarteten sie den Vater in jedem Zug, der auf ihrer Ausweichstelle nur für eine halbe Minute die Geschwindigkeit drosselte. Kaum blieb ein Zug bremsenknirschend stehen, da reckten die Jungen am Fenster die Hälse und wollten dem Vater entgegenstürmen. Doch der Vater kam nicht. Tag um Tag ging dahin, ohne daß sie Nachricht von ihm erhielten – so als wäre er in den Bergen unter eine jäh herabstürzende Lawine geraten und niemand wüßte, wo und wann das geschehen sei.

Noch ein anderes Fenster gab es, wo das Licht in jenen Nächten bis zum Morgen nicht erlosch – mit schwarzem Schmiedeeisen vergittert, befand es sich am andern Ende der Welt, in einer Isolierzelle im Kellergeschoß des Untersuchungsgefängnisses von Alma-Ata. Schon einen Monat quälte sich Abutalip Kuttybajew unter dem blendenden Schein der Tag und Nacht an der Decke brennenden starken elektrischen Birne. Das war sein Fluch. Er wußte nicht, wohin er sich zurückziehen, wie er seine schmerzenden Augen, seinen armen Kopf vor dem bohrenden, messergleich schneidenden elektrischen Licht schützen sollte, um wenigstens für eine Sekunde zu vergessen, nicht mehr darüber nachdenken zu müssen, warum er hier war und was man von ihm wollte. Sowie er sich nachts zur Wand drehte und das Hemd über den Kopf zog, stürzte unweigerlich ein Wärter in die Zelle, der ihn ständig durch den Spion beobachtete, zerrte ihn von der Pritsche und versetzte ihm Fußtritte. »Dreh dich nicht zur Wand, du Mistkerl! Verhüll nicht den Kopf, du Aas! Wlassowknecht!« schrie er, und wie oft Kuttybajew auch beteuerte, er sei kein Wlassowknecht, ihn scherte das nicht.

Wieder lag er da, das Gesicht dem erbarmungslosen elektrischen Licht zugewandt, die Augen zusammengekniffen, die schmerzenden Pupillen mit den entzündeten, tränenden Lidern bedeckend, und sehnte sich qualvoll nach Dunkelheit, in die kein Lichtstrahl fiele, und sei's im Grab, wo Augen und Hirn erlöst werden könnten; dann hätte kein Wärter oder gar der Untersuchungsführer die Macht, ihn mit dem unerträglichen Licht, mit Schlafentzug oder mit Schlägen zu foltern.

Die Wärter wechselten schichtweise, aber ausnahmslos alle waren sie unnachgiebig – keiner von ihnen erbarmte sich, keiner übersah großmütig, wie sich der Gefangene zur Wand drehte, im Gegenteil, sie warteten nur darauf, und jeder schlug voller Wut und unter Flüchen zu. Obwohl Abutalip Kuttybajew den Zweck und die Pflichten eines Gefängniswärters begriff, fragte er sich hin und wieder verzweifelt: Warum sind sie nur so? Sie sehen doch wie Menschen aus! Wie kann man nur so gehässig sein? Schließlich habe ich keinem von ihnen persönlich auch nur das Geringste angetan. Sie haben mich nie gekannt. Ich habe sie nie gekannt, doch sie schlagen mich, verhöhnen mich so, als müßten sie an mir Blutrache üben. Warum? Woher kommen solche Leute? Wie werden sie so? Warum quälen sie mich? Wie soll man das ertragen, wie soll man da nicht durchdrehen, sich nicht den Kopf an der Wand einschlagen? Einen anderen Ausweg gibt es doch nicht.

Einmal ertrug er es tatsächlich nicht. Als wäre ein weißer Blitz in ihm aufgeflammt. Er begriff selbst nicht, wie er mit dem Wärter aneinandergeraten war, als der ihm einen Fußtritt versetzte. In einer wilden Rauferei wälzten sie sich auf dem Fußboden. »An der Front hätte ich dich längst wie einen tollwütigen Hund erschossen!« krächzte Abutalip, zerriß mit einem Krach den Kragen des Wärters und preßte seine Kehle mit erstarrenden Fingern zusammen. Wer weiß, wie alles geendet hätte, wenn nicht zwei weitere Wärter aus dem Flur angerannt gekommen wären.

Erst am nächsten Tag erlangte Abutalip Kuttybajew das Bewußtsein wieder. Das erste, was er unter Schmerzen durch einen trüben Schleier erblickte, war die nie erlöschende elektrische Birne an der Decke. Und dann einen Feldscher, der sich um ihn bemühte.

»Lieg still, ins Jenseits gehst du jetzt nicht mehr ab«, sagte er leise zu ihm und legte ihm einen feuchten Lappen auf die verletzte Stirn. »Und benimm dich nicht wieder wie der letzte Dummkopf. Sie hätten dich auf der Stelle erledigen können, weil du die Wache angegriffen hast, hätten dich wie einen Hund erschlagen können, und niemand wäre deinetwegen zur Verantwortung gezogen worden. Bedanken mußt du dich bei Tansykbajew – der braucht nicht deinen Leichnam, der braucht dich lebendig. Kapiert?«

Abutalip schwieg stumpf. Ihm war alles gleich, was immer mit ihm geschehen, wie immer sich sein Schicksal wenden mochte. Die Fähigkeit, seelisch zu leiden, kehrte nicht sofort zurück …

In den Tagen befiel Kuttybajew zuweilen eine Geistestrübung – seine Entfernung von der Realität, sein Dämmerzustand wirkten wie ein rettender Schutz. In solchen Augenblicken wollte er sich nicht verstecken, wollte er nicht dem auf ihn gerichteten Lichtschein ausweichen, sondern strebte dem quälenden, unerbittlich von der Decke ausgehenden Lichtstrahl entgegen, der ihn um den Verstand brachte; und ihm war, als schwebe er in der Luft und nähere sich immer mehr der Quelle von Schmerz und Erregung, als bezwinge er sich selbst, um das ihn ständig blendende Licht zu überwinden, um sich aufzulösen und ins Nichts einzugehen.

Aber selbst da bewahrte sein zermartertes Hirn einen Verbindungsfaden zwischen dem, was hinter ihm lag, und dem, was er in diesem Augenblick durchmachte, verließ ihn keinen Augenblick die bedrückende Sehnsucht, die Angst um die Familie, die Kinder. Abutalip, der unerträglich litt, wenn er an die in der Sary-Ösek Zurückgebliebenen dachte, versuchte, mit sich ins Gericht zu gehen, seine Schuld zu ergründen, suchte nach Antwort, wofür er wirklich Strafe verdient hätte. Er fand keine Antwort. Allenfalls für die Gefangenschaft, dafür, daß er wie Tausende anderer ausweglos Eingeschlossener in deutscher Gefangenschaft gewesen war. Doch wie lange kann man dafür strafen? Der Krieg war längst vorbei. Längst war alles mit Blut und Lagerhaft beglichen; für alle, die im Krieg gewesen waren, wurde es bald Zeit, ins Grab zu steigen, doch der Inhaber grenzenloser Macht übte immer noch Rache, gab sich immer noch nicht zufrieden. Wie sonst sollte man verstehen, was vor sich ging? Da Abutalip keine Antwort fand, gab er sich dem Traum hin, von Tag zu Tag müsse sich herausstellen, daß er Opfer eines ärgerlichen Mißverständnisses geworden sei, und dann würde er, Abutalip Kuttybajew, bereit sein, alle Kränkungen zu vergessen, Hauptsache, er käme möglichst schnell frei und dürfe möglichst schnell nach Hause; wie würde er dann hineilen, nein, wie auf Flügeln getragen hinfliegen, zu den Kindern, zu der Familie, in die Sary-Ösek, in die Ausweichstelle Schneesturm-Boranly, wo ihn Ermek und Daul genauso sehnsüchtig erwarten wie seine Frau Saripa, die in der verschneiten Steppe die Kinder behütet, sie, gleich einem Vogel unter Flügeln, an ihrem pochenden Herzen birgt und unter Tränen und endlosem Flehen versucht, das Schicksal zu zwingen, zu überzeugen, zu besänftigen, sein Erbarmen zu erflehen, damit ihr Mann gerettet wird …

Um nicht laut vor Kummer zu schreien und nicht wahnsinnig zu werden, begann Abutalip zu träumen und suchte darin trügerische Beruhigung – bildhaft stellte er sich vor, wie er, wegen erwiesener Unschuld freigesprochen, plötzlich zu Hause auftaucht. Stellte sich vor, wie er vom Trittbrett des Güterzugs springt, auf dem er nach Hause fährt, wie er zu seinem Haus läuft, sie aber, Frau und Kinder, ihm entgegeneilen … Doch die Augenblicke der Illusionen verflogen, und er kehrte wie aus einem Rausch in die Wirklichkeit zurück, ließ den Mut sinken, manchmal dachte er, daß die Qualen der Mutter und des Vaters in der Legende von der Hinrichtung in der Sary-Ösek, die er aufgezeichnet hatte, ihr Abschied von dem Kind ein ewiges Thema waren, das nun auch ihn betraf. Auch er wurde durch die Trennung tödlich gequält … Dabei hat nur der Tod das Recht, Eltern von den Kindern zu trennen …

Leise weinte Abutalip in solch traurigen Minuten, er schämte sich und wußte nicht, wie er die Tränen unterdrücken sollte, die über seine kräftigen Backenknochen rannen, wie tröpfelnder Regen über Steine. So hatte er nicht mal im Krieg gelitten, damals, ungebunden, war er furchtlos, jetzt aber überzeugte er sich, daß in einer scheinbar ganz alltäglichen Erscheinung, in den Kindern, der höchste Sinn des Lebens liegt und jeder Mensch in jedem konkreten Fall sein individuelles Glück erlebt – das Glück, Kinder zu haben, oder die Tragödie, ohne Kinder zu sein. Jetzt überzeugte er sich auch, wieviel das Leben selbst bedeutet, wenn sein Verlust bevorsteht, wenn man in der letzten Stunde, im Schein des letzten grausigen Lichts vor dem Abtritt ins Dunkel beginnt, Bilanz zu ziehen. Die Hauptbilanz eines Lebens aber sind die Kinder. Vielleicht ist es in der Natur deshalb so eingerichtet: Die Eltern brauchen ihr Leben auf, um ihre

Fortsetzung aufzuziehen. Und den Erzeuger von den Kindern zu trennen bedeutet, daß man ihn der Möglichkeit beraubt, die Vorherbestimmung der Sippe zu erfüllen, es bedeutet, daß man sein Leben zu einem nutzlosen Ende verurteilt. Es fiel schwer, in solchen Minuten der Einsicht nicht in Verzweiflung zu geraten. Hatte ihn die geradezu visuelle Vorstellung des Wiedersehens eben noch tief gerührt, erkannte er nun, daß diese Hoffnung unerfüllbar war, wurde er zum Opfer von Ausweglosigkeit. Mit jedem Tag nagte die Sehnsucht mehr an ihm, beugte und schwächte seinen Willen. Seine Verzweiflung nahm zu wie nasser Schnee an einem steilen Berghang, kurz bevor eine Lawine zu Tal stürzt ...

Gerade das brauchte der Untersuchungsführer des KGB, Tansykbajew, gerade das suchte er methodisch und zielstrebig zugunsten der von ihm mit Billigung seiner Obrigkeit teuflisch ersonnenen Beschuldigung des ehemaligen Kriegsgefangenen Abutalip Kuttybajew, mit den anglo-jugoslawischen Sonderdienststellen in Verbindung gestanden und unter der Bevölkerung abgelegener Landesteile Kasachstans ideologische Zersetzungsarbeit betrieben zu haben. So lautete die allgemeine Formulierung. Die Präzisierung und Qualifizierung von Details dieses Falles bereitete zwar noch Arbeit, immer noch fehlte das volle Geständnis Abutalip Kuttybajews, dieses Verbrechen begangen zu haben, doch die Hauptsache enthielt schon die Formulierung als unwiderlegbare Quintessenz eines Tatbestandes von außerordentlicher politischer Aktualität, wie auch als Zeugnis von Tansykbajews äußerster Wachsamkeit und seinem Diensteifer. Für Tansykbajew war dieses Verfahren ein großer Glücksfall in seinem Leben, Abutalip Kuttybajew jedoch war damit in ein Fangeisen geraten, aus dem es kein Entrinnen gab, denn eine solche erschreckende Formulierung konnte nur ein Ziel haben – sein unbedingtes und vollständiges Geständnis der ihm zur Last gelegten Verbrechen mit allen sich daraus ergebenden Folgen. Ein anderer Ausgang kam nicht in Betracht. Alles war von vornherein festgelegt, schon die Beschuldigung diente als unwiderlegbarer Beweis für das Verbrechen.

Daher brauchte sich Tansykbajew um den sicheren Erfolg seines Unternehmens nicht zu sorgen. Überhaupt war in diesem Winter die Sternstunde seiner Karriere gekommen, nachdem er wegen eines unwesentlichen dienstlichen Versäumnisses einige Jahre im Majorsrang steckengeblieben war. Aber jetzt eröffnete sich eine neue Perspektive. Allzuoft gelang es nicht, aus einer gottverlassenen Gegend etwas wie die Angelegenheit Abutalip Kuttybajew herauszuholen. Da hatte er wirklich Glück gehabt.

Ja, man kann sagen, in jenen Februartagen 1953 war die Geschichte Tansykbajew gewogen gewesen, es sah sogar so aus, als existiere die Geschichte des Landes eigens, um bereitwillig seinen Interessen zu dienen. Weniger mit dem Verstand, eher intuitiv spürte er den guten Dienst der Geschichte, die den außerordentlichen Rang seines Amtes und damit auch seine Meinung von der eigenen Person immer schneller, immer höher steigen ließ, daher auch empfand er heftige Erregung und Hochstimmung. Wenn er in den Spiegel sah, wunderte er sich manchmal – so jung hatten seine starren Falkenaugen lange nicht mehr geleuchtet. Dann reckte er die Schultern und sang in reinstem Russisch zufrieden vor sich hin: »Wir sind geboren, Märchen wahr zu machen …« Seine Frau, die seine Erwartungen vollauf teilte, war ebenfalls guter Laune und wiederholte gelegentlich: »Laß gut sein, bald kriegen auch wir, was uns zusteht.« Und sogar der Sohn, Schüler der Oberstufe und Komsomolfunktionär, obwohl manchmal ungehorsam, fragte geradezu: »Kann man dir bald zum Oberstleutnant gratulieren, Papa?« Dafür gab es durchaus Gründe, mochten sie auch Tansykbajew nicht unmittelbar betreffen.

Vor gar nicht langer Zeit, etwa vor einem halben Jahr, hatte nämlich ein Militärtribunal in Alma-Ata, das hinter verschlossenen Türen verhandelte, eine Gruppe kasachischer bürgerlicher Nationalisten abgeurteilt. Diese Feinde des werktätigen Volkes waren erbarmungslos für immer unschädlich gemacht worden. Zwei von ihnen, die in ihren in kasachischer Sprache geschriebenen wissenschaftlichen Arbeiten die verfluchte patriarchalisch-feudalistische Vergangenheit zum Schaden der neuen Wirklichkeit idealisiert hatten, erhielten die Höchststrafe – Tod durch Erschießen. Zwei andere, wissenschaftliche Mitarbeiter des Instituts für Sprache und Literatur der Akademie der Wissenschaften, erhielten je fünfundzwanzig Jahre Zwangsarbeit … Alle anderen jeweils zehn Jahre … Doch die Hauptsache war, daß das Zentrum den Sondermitarbeitern, die unmittelbar zur Entlarvung und schonungslosen Austilgung der bürgerlichen Nationalisten beigetragen hatten, hohe staatliche Anerkennungen zukommen ließ. Diese staatlichen

Anerkennungen waren zwar auch geheim, doch das minderte ihren Wert nicht im geringsten. Vorfristige Beförderungen, die Auszeichnung mit Orden und Medaillen, bedeutende Geldzuwendungen für eine musterhafte Erfüllung von Aufgaben, Dankesbezeigungen in Befehlen und andere Zeichen der Aufmerksamkeit machten das Leben sehr viel angenehmer. Auch die Zuweisung von Neubauwohnungen an besonders Verdiente erfüllte Wunschträume. All das gab den Beinen Kraft, machte die Stimme männlicher und das Auftreten sicherer.

Tansykbajew gehörte nicht zu den Beförderten und Ausgezeichneten, doch sie ließen ihn an ihrem Triumph teilhaben. Fast jeden Abend war er mit seiner Frau Aikümis bei jemandem eingeladen, um eine Beförderung, einen Orden oder den Einzug in eine neue Wohnung zu »begießen«. Eine ganze Kette von Festlichkeiten hatte schon gegen Jahresende begonnen. Es waren unvergeßliche Tage, mit reichgedeckten Tischen und erlesenen Gerichten. Wo immer die Tansykbajews in den Februartagen hinkamen, tauchten sie nach dem Weg über die kalten, schlecht beleuchteten Straßen von Alma-Ata leicht durchgefroren bereits an der Schwelle in die Gastfreundschaft und Wärme der sie erwartenden Gastgeber, und das obendrein in neuen Wohnungen. Welch natürlicher Glanz, welche Bewegtheit und welcher Stolz lag auf den Gesichtern, leuchtete aus den Augen derer, die sie willkommen hießen! Das waren wahrhaftig Feiertage von Auserwählten, neues Glück Auskostenden. Damals, als das Elend und der Hunger des Krieges noch nicht vergessen waren, erschien der neue, raffinierte Komfort in den Randgebieten des Staates als besonders segensreich, die Freude daran konnte richtig zu Kopf steigen. Schon den Vorraum durchzogen Düfte aus der Küche, wo unter anderem das obligate Festgericht zubereitet wurde – zartes junges Pferdefleisch, eine Großväterspeise, die vom Nomadenleben in der Steppe herrührte und auf sonderbare Weise die uralten Steppengerüche auch in die neuen Wände hereinbrachte. Damals waren in der Provinz gerade die teuren Markenkognaks in Mode gekommen, ebenso Kristallkronleuchter und Kristallglas. Von der Decke fiel der Schein von erbeuteten Kristallüstern, auf den schneeweiß eingedeckten Tischen glitzerte deutsches Beutegeschirr, und unwillkürlich wurde man von alldem gefesselt, in eine andächtige Stimmung versetzt, so als liege darin der höchste Sinn des Daseins, als gebe es auf Erden nichts anderes, was Aufmerksamkeit verdiene.

Alle Versammelten nahmen gesittet Platz und freuten sich auf das gemeinsame Festessen. Doch der Sinn der Tafelrunde bestand nicht nur und nicht so sehr im Essen – wenn der Mensch erst satt ist, beginnt er ohnehin am Anblick der überreichlich vor ihm stehenden Speisen zu leiden – als vielmehr in den Tischreden, den Gratulationen und Segenswünschen. Dieses Ritual barg etwas unendlich Wonniges, und dieses Wonnegefühl schloß alles in sich ein, was tief im Herzen verborgen war. Selbst aus Neid wurde für eine Weile gleichsam Liebenswürdigkeit, aus Eifersucht wurde Zuneigung, und Heuchelei verkehrte sich vorübergehend in Aufrichtigkeit. Jeder der Anwesenden, als sei er auf merkwürdige Weise geläutert, strebte danach, sich möglichst gescheit, vor allem aber blumig zu äußern, wobei er unwillkürlich mit den anderen in einen heimlichen Wettbewerb trat. Oh, das war auf seine Weise ein fesselndes Schauspiel. Was für herrliche Toaste schwangen sich gleich grellgefiederten Vögeln zur Decke mit ihren Beutelüstern auf, was für kunstvolle Reden erklangen und berauschten die Anwesenden durch ein sich immer mehr steigerndes Pathos.

Besonders bewegt hatte Tansykbajew und seine Frau Aikümis der Toast eines frischgebackenen kasachischen Oberstleutnants, der sich feierlich von seinem Platz erhob und so hingebungsvoll, so bedeutsam sprach, als wäre er ein Schauspieler vom Dramatischen Theater, der einen den Thron besteigenden König spielt.

»Assyl dostar, edle Freunde!« begann der Oberstleutnant besonders vielsagend – diese neue Eigenschaft hatte sich bei ihm gerade an diesem Abend geäußert – und betrachtete die Sitzenden bedächtig mit trägem, majestätischem Blick, als wolle er damit unterstreichen, daß er absolute, völlig ernste Aufmerksamkeit erheische. »Ihr begreift selber«, fuhr er fort, »heute ist mein Herz voll, schwimmt es in einem Meer von Glück. Versteht ihr? Und ich will einen Gedanken aussprechen. Das ist meine Stunde, und ich will ihn aussprechen. Versteht ihr? Ich war immer gottlos. Ich komme aus dem Komsomol. Bin ein überzeugter Bolschewik. Versteht ihr? Und darauf bin ich sehr stolz. Gott ist für mich ein leerer Fleck. Daß es Gott nicht gibt, ist allen bekannt, weiß jeder sowjetische Schüler. Ich aber will etwas anderes sagen, versteht ihr, ich will sagen, es gibt einen Gott! Moment, wartet mal, lächelt nicht, meine Lieben. Ha, ihr denkt wohl, ihr habt mich ertappt. Von wegen! Versteht ihr? Ich meine nicht den Gott, den die Unterdrücker der werktätigen Massen vor der Revolution erfunden haben. Unser Gott ist der die Macht Innehabende, dessen Wille, wie die Zeitungen schreiben, die Epoche auf dem Planeten prägt und uns von Sieg zu Sieg führt, zum Weltsieg des Kommunismus, das ist unser genialer Führer, der den Zügel der Epoche in der Hand hält, versteht ihr, wie ein Karawanenführer den Zügel des Leitkamels, das ist unser Jossif Wissarionowitsch! Er führt die Karawane, und wir folgen ihm – auf demselben Pfad. Und niemand, der anders denkt als wir oder anderes im Sinn hat als wir, wird dem strafenden Schwert der Tscheka entgehen, das der eherne Dzierżyński uns vermacht hat, versteht ihr. Den Feinden haben wir Kampf bis zum Ende erklärt. Ihr Geschlecht, ihre Familien und allerlei mit ihnen sympathisierende Elemente werden im Namen der Sache des Proletariats vernichtet, versteht ihr, wie im Herbst das Laub auf einem Haufen verbrannt wird. Denn es kann nur eine Ideologie geben, versteht ihr, und keine zweite. Wir hier reinigen die Erde von ideologischen Gegnern, von bürgerlichen Nationalisten, versteht ihr, und anderen, wo immer sich der Feind verbirgt, wie immer er sich auch verstellt, für ihn gibt es keine Schonung. Überall, an jedem Ort den Klassenfeind entlarven, eine feindliche Agentur aufdecken, versteht ihr, den Feind schlagen, wie es uns der Genosse Stalin lehrt, und den Geist der Volksmassen stärken – so lautet unsere

Devise. Heute, da ich ausgezeichnet, da der Befehl über meine vorfristige Beförderung verlesen wurde, schwöre ich, auch fernerhin unbeirrt der Stalinschen Linie zu folgen, versteht ihr, den Feind zu suchen, zu finden und seine verbrecherischen Vorhaben aufzudecken, für die er unweigerlich streng bestraft wird. Die größten Nationalisten, versteht ihr, haben wir unschädlich gemacht, doch in Instituten und Redaktionen verbergen sich noch ihre Sympathisanten. Sie werden uns nicht entgehen und keine Schonung finden. Bei einem Verhör, versteht ihr, hat mir einmal ein Nationalist gesagt: ›Sowieso‹, hat er gesagt, ›führt eure Geschichte in eine Sackgasse, einen anderen Weg gibt es nicht, und ihr werdet verflucht sein wie die Teufel.‹ Versteht ihr?«

»So einen hätte man sofort erschießen müssen!« stieß Tansykbajew hervor und erhob sich böse von seinem Platz.

»Richtig, Major, das hätte ich auch gemacht«, unterstützte ihn der Oberstleutnant. »Er wurde aber noch für die Untersuchung gebraucht. Und ich habe ihm gesagt, versteht ihr: ›Ehe wir in die Sackgasse geraten, wirst du Mistkerl schon nicht mehr am Leben sein! Der Hund heult, aber die Stalinsche Karawane zieht weiter!‹ «

Alle lachten schallend, klatschten Beifall, billigten die gebührende Abfuhr, die dem erbärmlichen Nationalisten zuteil geworden war, der es gewagt hatte, so eine unerhörte Frechheit zu sagen, und mit einemmal erhoben sie sich alle, die Gläser in der vorgestreckten Hand. »Auf Stalin!« riefen alle zugleich und tranken, zeigten einander die geleerten Gläser, als wollten sie damit die Wahrhaftigkeit ihrer Worte, die Treue zu ihren Worten bekräftigen.

Danach wurde noch viel gesagt, was diesen Gedanken ergänzte. Und diese Worte, sich immer wieder selbst produzierend und vermehrend, sich mit Zorn und Wut aufladend, kreisten noch lange über den Köpfen der Versammelten wie ein Schwarm erregter Wespen, die schon deshalb immer wütender werden, weil sie giftig und weil ihrer so viele sind.

In Tansykbajews Seele schäumte eine eigene hohe Woge auf, weckte in ihm eigene Gedanken, rechtfertigte und bestätigte ihn in den eigenen Augen – aber nicht, weil derlei Äußerungen für ihn neu gewesen wären; im Gegenteil, sein Leben und das Leben all der vielen anderen Mitarbeiter, ja der überschaubaren gesellschaftlichen Umgebung überhaupt, verlief tagtäglich in einer solchen Atmosphäre des Aufputschens, eines unaufhaltsamen Kampfes, der Klassenkampf genannt wurde und damit uneingeschränkt als gerechtfertigt galt. Doch da gab es ein verborgenes Problem. Um den Kampf ständig anzuheizen, brauchte man immer neue Objekte, neue Orientierungen für die Entlarvungsarbeit; vieles war in dieser Hinsicht bereits abgearbeitet, wenn nicht gar restlos ausgeschöpft – bis hin zur verhängnisvollen Deportation ganzer Völker nach Sibirien und Mittelasien, und so fiel es immer schwerer, von den Feldern eine volle Ernte einzubringen, wenn man bei der in den nationalen Provinzen altgewohnten, der gängigsten Beschuldigung blieb – das war der bürgerlich-feudale Nationalismus. Durch die bittere Erfahrung belehrt, daß die geringste Denunziation der einen oder anderen Person wegen ideologischer Fragwürdigkeit unverzüglich die Abrechnung mit dem Denunzierten und ihm nahestehenden Menschen nach sich zog, vermied jeder derartige verhängnisvolle Fehler, das heißt alles, was man als Äußerung von Nationalismus hätte auslegen können. Viele wurden sogar übermäßig vorsichtig und umsichtig und leugneten lauthals jegliche nationalen Werte, verleugneten sogar die Muttersprache. Wie soll man einen packen, der auf Schritt und Tritt erklärt, er spreche und denke in der Sprache Lenins ...

Gerade in dieser Periode, die an Ereignissen so arm geworden war und solche Schwierigkeiten bereitete, den Kampf zur Aufdeckung neuer heimlicher Feinde zu verstärken, hatte der Major Tansykbajew Glück, möglicherweise zufällig, aber immerhin. Die Denunziation Abutalip Kuttybajews von der Ausweichstelle Schneesturm-Boranly war ihm als ziemlich zweitrangiges Material in die Hände gefallen, eigentlich eher zur Kenntnisnahme als zur ernsthaften Untersuchung. Doch er hatte die Gelegenheit beim Schopfe gepackt. Sein Gespür hatte ihn nicht getäuscht. Tansykbajew hatte sich die Mühe gemacht und war in die Sary-Ösek gefahren, um sich Klarheit zu verschaffen, und nun überzeugte er sich immer mehr, daß diese auf den ersten Blick so bescheidene Angelegenheit, bei entsprechender Bearbeitung, einen gewichtigen Fall liefern konnte. Und wenn alles wie gewünscht abliefe, würde bestimmt auch er seinen Lohn von der Obrigkeit erhalten. War er nicht soeben, hier bei Tische, Zeuge eines derartigen Triumphes, wußte er nicht, wie solche Dinge gedreht wurden? Ging es ihm etwa schlecht unter den gutbekannten Leuten, die dem Gott der Macht gläubig und aufrichtig ergeben waren und daher heute mit Kristall auf dem Tisch und an der Decke wunschlos glücklich feierten? Doch gab es nur einen Weg zum Gott der Macht – treu und redlich mußte man ihm beim Aufdecken und Entlarven von maskierten Feinden dienen.

Besonders wachsam hieß es all die Feinde zu observieren, die in Kriegsgefangenschaft gewesen waren. Sie waren allein deswegen Verbrecher, weil sie sich keine Kugel in die Stirn gejagt hatten, denn sie durften sich nicht ergeben, sondern mußten sterben, um dem Gott der Macht ihre Ergebenheit zu beweisen, der unerbittlich forderte, zu sterben und sich nicht gefangen zu geben. Daher war jeder, der sich gefangen gab, ein Verbrecher, und die unausweichliche Strafe dafür sollte allen als Warnung dienen – für alle Zeiten, für alle Generationen. Diese Richtlinie stammte von Gott selbst, vom Gott der Macht.

Kuttybajew aber, den Tansykbajew in Untersuchungshaft genommen hatte, war ein ehemaliger Kriegsgefangener, obendrein gab es in seinem Fall einen sehr gelegenen Aufhänger, ein sehr aktuelles Detail – es mußte nur gelingen, aus Kuttybajew ein brauchbares Geständnis herauszuholen; sogar wenn es nur eine geringfügige Tatsache wäre, käme das der großen Sache sehr zustatten – so wie ein kleiner Nagel am rechten Fleck; denn es würde der Entlarvung der revisionistischen Tito-Ranković-Clique dienen, die, von Anfang an auf Verrat setzend, für Jugoslawien einen besonderen, nicht von Stalin gebilligten Entwicklungsweg beanspruchte. Man stelle sich das nur vor! Der Krieg war noch nicht lange vorbei, und schon hatten sie beschlossen, sich loszulösen! Daraus wird nichts! Stalin wird diese Pläne zunichte machen, daß keine Spur von ihnen übrigbleibt. Da wird es nicht verkehrt sein, ein weiteres Mal, und sei's anhand einer geringfügigen Tatsache, zu zeigen, daß die verräterischen revisionistischen Ideen schon in der Kriegszeit aufkamen, unter Partisanenkommandeuren, die mit englischen Sonderdiensten zusammenarbeiteten. In Abutalip Kuttybajews Aufzeichnungen aber fanden sich Erinnerungen, wie sich jugoslawische Partisanen mit Engländern getroffen hatten, also gab es auch allen Grund, ihn zu Aussagen zu zwingen, die jetzt gebraucht wurden – koste es, was es wolle! Und wenn er sich auf den Kopf stellte, er mußte diesen Steppen-Schreiberling zwingen, alles Erforderliche auszupacken. Denn in der Politik taugt alles, was ihr nutzt. Jede Kleinigkeit kann von Nutzen sein, jedes Detail kann als Stein dienen, den man auf den Feind wirft, um ihm im ideologischen Kampf den Rest zu geben. Daher die Aufgabe, diesen Stein oder auch nur ein Steinchen aufzutreiben und ihn symbolisch, gewissermaßen höchstpersönlich, von ganzem Herzen dienstbereit, in die Hand des Gottes der Macht zu legen; er würde dann schon, wenn er es nicht etwa selbst tut, einen Zuständigen beauftragen, diesen Stein auf die, wie es in den Zeitungen heißt, Handlanger des verhaßten Revisionisten Tito und seines Spießgesellen Ranković zu werfen. Falls der Stein aber nicht dazu taugt, weil er vielleicht zu klein ist, dann wird dem Überreicher doch sein Eifer angerechnet. Alle, die jetzt hier am

Tisch sitzen, werden dann auch bei ihm zu Gast sein, werden in seinem Haus einen außerordentlichen Anlaß feiern. Denn der Sinn des Lebens ist das Glück, der Erfolg aber der Anfang vom Glück.

Solche Gedanken beschäftigten den geieräugigen Tansykbajew auf der Abendgesellschaft. Während er am Tisch saß und zu den Gesprächen der anderen seine Bemerkungen beisteuerte, schwamm er in dieser Stunde, für sich selbst überraschend – wie ein Schwimmer im reißenden Strom –, in der anschwellenden Flut seiner Leidenschaften und Begierden. Und nur seine Frau Aikümis, die ihren Mann gut kannte, begriff, daß in ihm etwas vorging, daß er von irgendeinem Vorgefühl oder einem Plan gepackt war wie ein Raubtier, das nachts auf Jagd geht und schon die Beute spürt. Sie sah es seinen Augen an, erkannte es an seinem starren Falkenblick, der bisweilen eiskalt wurde und sich dann wieder vor Erregung mit einem Schleier überzog. Daher flüsterte sie ihm zu: »Wir gehn mit allen, aber nur nach Hause!« Tansykbajew nickte unwillig. Vor Zeugen wollte er nicht widersprechen, obwohl es sich gelohnt hätte. In seinem Kopf reifte ein neuer Plan, eine neue Version in der Sache Abutalip Kuttybajew. Denn mit Abutalip Kuttybajew waren viele andere Kriegsgefangene bei den jugoslawischen Partisanen gewesen, die sich nun in verschiedenen Winkeln verbargen – auch sie konnten etwas wissen, konnten sich an etwas erinnern, es war gar nicht so schwer, Kuttybajew zu zwingen, daß er die aktivsten unter den Kriegsgefangenen nannte. Also mußte er sich die entsprechenden Unterlagen beschaffen. Morgen schon mußte er sie anfordern.

Oder selbst in aller Eile im Zentrum vorsprechen, alles durchsehen, das Nötige herausfinden und anschließend Kuttybajew zwingen, die Fakten zu bestätigen. Dann auf Grund dieser Aussagen gegen die ehemaligen Kriegsgefangenen, die in Jugoslawien gekämpft hatten, Anklage erheben, diese Personen jetzt dafür zur Verantwortung ziehen, daß sie bei der Kommission, die sie vor ihrer Deportation in die Sowjetunion verhörte, die verräterischen Pläne der revisionistischen Jugoslawen nicht angezeigt, also verheimlicht hätten. Leute dieses Schlags ließen sich Hunderte, ja Tausende ermitteln, und die würde man dann – diese Idee müßte er wohl am besten in Form eines Geheimschreibens einreichen – durch die Mühle von Verhören drehen, bis die ganze Sippschaft in den Lagern gelandet wäre und die Sache so ein Ende hätte … Von diesen Überlegungen, auf die er an dem mit Speisen und Kognakgläsern vollgestellten Tisch gekommen war, geriet er so sehr in Stimmung, wurde er von einem so angenehmen Vorgefühl einer neuen Wendung in seinem Leben ergriffen, daß er immer mehr trinken, immer mehr essen, singen, den Nachbarn zusetzen, lachen wollte. Tansykbajew umfing die am Tisch Sitzenden mit einem dankbaren Blick seiner geheimnisvoll aufstrahlenden Augen, denn sie alle waren seinesgleichen, waren vom gleichen Schlag wie er und ihm daher jetzt so sympathisch; der Gedanke, daß diese ihm so nahestehenden Menschen nicht ahnten, welch große Ideen in ihm reiften, während er in ihrem Kreise saß, bewirkte, daß ihm das Blut zu heiß in den Kopf schoß und das triumphierende Herz vor Freude schneller schlug.

Die Idee, die ihm zufällig gekommen war, bot für die eigene Beförderung durchaus reale Perspektiven. Das Prinzip erwies sich sogar als sehr vernünftig und bequem: Je mehr verborgene Feinde man zur Strecke brachte, desto mehr gewann man selbst. Diese Wendung der Dinge beflügelte ihn. Und er dachte nicht ohne Stolz: So regeln kluge Leute ihre Angelegenheiten! Ich bleibe nicht auf halbem Weg stehn, was es auch kosten mag! Am liebsten wäre er sofort zur Tat geschritten – hätte von der Fahrbereitschaft einen Wagen angefordert, wäre zum Untersuchungsgefängnis, zum Kellergeschoß mit den vergitterten Fenstern gerast, wo in einer Einzelzelle Abutalip Kuttybajew schmachtete, und hätte ihn unverzüglich verhört, gleich in der Zelle, und zwar so, daß ihm das Herz in die Hosen rutschte. Er mußte Kuttybajew vor die Wahl stellen: Entweder er bekannte seine Schuld, bestätigte, anglo-jugoslawische Aufträge erhalten zu haben, und nannte alle, die mit ihm bei den Partisanen waren, dann bekam er den Paragraphen 58a – fünfundzwanzig Jahre Lager –, oder aber er würde wegen Verrat, wegen Agententätigkeit für ausländische Sonderdienste und wegen ideologischer Wühlarbeit unter der örtlichen Bevölkerung erschossen. Er sollte nur gründlich darüber nachdenken.

Anschaulich stellte sich Tansykbajew vor, wie all das vor sich gehen würde, wie das Verhör ablaufen, wie Kuttybajew sich sträuben würde und zu welchen Mitteln er würde greifen müssen, um seinen Widerstand zu brechen; einen Ausweg gab es für Kuttybajew ohnehin nicht, er hatte keine Wahl, wenn er überleben wollte. Natürlich würde er hartnäckig darauf beharren, daß er sich nichts habe zuschulden kommen lassen, daß er seine Gefangennahme mit dem Gewehr in der Hand bei den jugoslawischen Partisanen gesühnt habe, daß er verwundet worden sei, Blut vergossen habe, durch eine Deportationskommission überprüft worden sei, nach dem Krieg ehrlich gearbeitet habe und so weiter, und so fort. Aber all das war leeres Gewäsch. Woher sollte er auch wissen, daß er in ganz anderer Eigenschaft gebraucht wurde. Mit ihm würde eine große Aktion beginnen, die der restlosen Ausrottung von versteckten Staatsfeinden diente. Benötigt wurde er als das erste Glied einer noch unsichtbaren Kette. Was aber kann über den Staatsinteressen stehen? Manche meinen – das Menschenleben. Komische Käuze! Der Staat ist ein Ofen, für den nur ein Heizmaterial taugt – Menschen. Ohne diesen Brennstoff erstickt der Ofen. Und wird nicht mehr benötigt. Doch ebendiese Menschen können ohne Staat nicht existieren. Deshalb organisieren sie sich ihre Verbrennung selbst. Die Heizer aber müssen für Feuerung sorgen. Darauf beruht alles.

So philosophierte Tansykbajew über diese Dinge – in der Parteischule hatte er seinerzeit von klassischen Lehren gehört –, doch während er, an der Seite seiner Frau sitzend, vor der er seine Gedanken kaum verbergen konnte, den Tischnachbarn in der allgemeinen Unterhaltung zunickte und beipflichtete, staunte er aufrichtig und begeisterte sich daran, wie wunderbar doch der Mensch eingerichtet ist. Er beispielsweise saß hier in Gesellschaft, unter geladenen Gästen, tat so, als wäre er voll und ganz von der

Bedeutsamkeit des Augenblicks gefangengenommen, dachte aber in Wahrheit an etwas völlig anderes. Wer konnte ahnen, was er im Sinn hatte, worauf er lossteuerte, was für schwindelerregende Pläne in ihm heranreiften? Wer konnte sich denken, daß in ihm, der da friedlich am Tisch saß, eine zerschmetternde, unabwendbare, nur seinem Willen unterworfene Kraft verborgen war, die, sobald er seine vorerst niemand zugänglichen Pläne verwirklichte, die Menschen zwingen würde, vor ihm und damit symbolisch vor dem Gott der Macht auf Knien zu kriechen? Daß er in dieser Hinsicht eine Stufe unter den vielen und dennoch zählbaren Stufen zu dem furchterregenden Postament darstellte, bereitete ihm physisches Wohlbehagen, erfüllte ihn mit Begierde wie der Anblick einer wohlschmeckenden Speise oder die unbezähmbare Vorfreude auf einen Koitus. Mit jedem neuen Glas wuchs seine Erregung, ergriff immer vollständiger von ihm Besitz, erfüllte über das pulsierende Blut seinen ganzen Körper mit einem Wohlgefühl, und nur der Gedanke, seine Pläne, sein Traum würden sich spätestens morgen erfüllen, nichts mehr könne ihn um diesen Genuß bringen, half ihm, sich zu beherrschen.

Während Tansykbajew im Kopf die Details der bevorstehenden Operation durchging, empfand er höchste Befriedigung über das Grundsätzliche seiner Absichten, die Logik seines Vorhabens. Dennoch schien etwas zu fehlen, mußte etwas noch zu Ende gedacht werden, gewisse Beweise waren wohl nicht richtig ins Spiel gebracht, noch nicht genügend bewertet.

Beispielsweise verbarg sich doch etwas in den Aufzeichnungen Kuttybajews über den Mankurt. Ein Mankurt! Ein geistig verkrüppelter Mankurt, der seine Mutter getötet hatte! Natürlich war das eine alte Legende, aber irgend etwas hatte Kuttybajew damit im Sinn. Nicht grundlos, nicht zufällig hatte er diese Legende der Steppenbewohner so sorgfältig, mit allen Einzelheiten aufgeschrieben. Ja, ein Mankurt, ein Mankurt … Was steckte nur dahinter, falls Kuttybajew damit etwas durch die Blume sagen wollte, was nur? Vor allem aber, wie wollte er die Geschichte vom Mankurt für seine aufwieglerischen Ziele nutzen, in welcher Form, auf welche Weise? Obwohl Tansykbajew vage spürte, daß Kuttybajew mit dem Mankurt etwas ideologisch Verdächtiges im Sinn hatte, traute er sich noch nicht, das zu behaupten, wußte er noch nicht, wie er ihn schlüssig überführen könnte. Vielleicht sollte er diese Legende, wie in solchen Fällen üblich, volksfeindlich nennen und Kuttybajew unter diesem Gesichtspunkt zur Verantwortung ziehen, aber wie? In dieser Angelegenheit mangelte es Tansykbajew an Kompetenz, das war ihm klar. Er müßte sich an einen Wissenschaftler wenden. So waren sie in dem Verfahren gegen bürgerliche Nationalisten vorgegangen, das sie heute begossen: Eine Gruppierung war entdeckt worden, und da wurden die einen Fachwissenschaftler auf die anderen losgelassen, damit sie die des Nationalismus und des Vergangenheitskults zum Schaden der Stalinschen sozialistischen Epoche beschuldigten – das genügte, damit die Mühle rund um die Uhr zu mahlen begann. Und doch bedeutete es etwas, daß Kuttybajew die Geschichte vom Mankurt so sorgsam aufgezeichnet hatte, steckte etwas dahinter. Er mußte noch einmal aufmerksam jedes Wort lesen, um sogar den geringsten Anhaltspunkt zu entdecken, ihn auszunutzen und in die Anklage mit einzubeziehen.

Außerdem war unter Kuttybajews Papieren der Text einer weiteren Legende entdeckt worden, betitelt »Die Hinrichtung in der Sary-Ösek«, aus den Zeiten Tschinggis-Chans. Tansykbajew hatte der alten Legende nicht sogleich Aufmerksamkeit geschenkt, erst in den letzten Tagen hatte sie begonnen, ihn zu beschäftigen. Wenn man's recht bedachte, konnte man darin eine gewisse politische Anspielung finden …

Auf seinem Eroberungszug nach dem Westen, während er sein Kriegervolk noch durch die asiatischen Weiten führte, inszenierte Tschinggis-Chan im Interesse weit vorausschauender Weltherrschaftspläne eine Hinrichtung in den Steppen der Sary-Ösek – er ließ einen Sotnik, einen Hundertschaftsführer, und eine junge Frau, eine Goldnäherin, die auf die seidenen Siegesbanner flammenspeiende Herrscherdrachen stickte, hängen …

Zu dieser Zeit befand sich bereits ein großer Teil Asiens unter Tschinggis-Chans Joch, war er in Herrschaftsbereiche seiner Söhne, Enkel und Heerführer aufgeteilt. Jetzt ging es um das Schicksal der Ländereien jenseits des Edil-Flusses, also jenseits der Wolga, um das Schicksal Europas.

In den Steppen der Sary-Ösek war Herbst. Nach lang anhaltendem Regen hatten sich die im Sommer ausgetrockneten Seen und Flüsse wieder gefüllt – man konnte also unterwegs die Pferde tränken. Die Steppen-Armada stürmte voran. Die Steppen zu überqueren galt als der schwierigste Teil des Feldzugs.

Drei Armeen, so wird weiter berichtet – drei Tümen zu je zehntausend Mann –, ritten der Front voraus, die Flanken breit entfaltet. Von der Macht der Tümen zeugte der am Horizont – wie Rauch nach einem Steppenbrand – über viele Werst von Pferdehufen aufgewirbelte Staub. Hinterher zogen zwei weitere Tümen mit Remonteherden für die Kavallerie, mit Wagenzügen und mit unfruchtbaren Tieren für das tägliche Schlachten – davon konnte man sich überzeugen, wenn man zurückblickte –, auch dort wirbelte Staub den halben Himmel lang. Außerdem gab es noch Gefechtskräfte, die mit dem Blick nicht zu orten waren. Je drei Tümen stark, stellten sie in der Entfernung von mehreren Tagesritten den rechten und den linken Flügel der Armada dar. Sie zogen selbständig in Richtung der Edil. Zu Beginn der Kälteperiode sollte an deren Ufer eine Versammlung der Befehlshaber der elf Tümen im Hauptquartier des Chans stattfinden – da würden sie das weitere Vorgehen abstimmen: den mit dem Übergang übers Eis der Edil zu eröffnenden Feldzug gegen die reichen und schönen Länder, von deren Unterwerfung Tschinggis-Chan, die Heerführer und jeder Reiter träumten.

So zogen die Heere ihrem Ziel entgegen, ohne sich ablenken zu lassen, ohne Rast, ohne Zeit zu verlieren. In den Wagenzügen aber begleiteten sie auch Frauen, und das brachte Unheil.

Tschinggis-Chan selbst mit einem halben Tausend Kesegul und Shassaul – Hofgardisten –, die ihn begleiteten, befand sich inmitten dieses Zuges, bildete eine Art schwimmende Insel. Doch auch hier ritt er allein – allen voran. Der Gebieter über alle vier Himmelsrichtungen liebte kein Menschengetümmel um sich, zumal im Feldzug, wo man eher schweigen mußte, sehen, was sich vorn tat, und über Aktionen nachdenken.

Er saß auf seinem geliebten rehbraunen Paßgänger, der bei ihm unterm Sattel wohl die halbe Welt durchquert hatte, straff und glatt wie ein Kieselstein, mit mächtigem Brustkorb und Widerrist, mit weißer Mähne und schwarzem Schwanz, mit gleichmäßigem, seidenweichem Gang. Zwei Ersatzpferde, nicht minder zäh und schnell, gingen unbeschwert im strahlenden Schmuck des Chan-Geschirrs, geführt von berittenen Pferdehaltern. Der Chan wechselte die Pferde, ohne abzusteigen, sowie ein Tier auch nur leicht in Schweiß geriet.

Sie war schon eindrucksvoll, die Eskorte aus Kesegul und Shassaul, diesen furchtlosen Gardisten, deren Leben mehr Tschinggis-Chan gehörte als ihnen selbst! Sie wurden ja auch ausgewählt, wie man scharfe Klingen auswählt, einer unter hundert! Eindrucksvoll waren auch die Reitpferde, deren jedes Seltenheitswert hatte wie natürliche Goldklumpen. Doch das eigentlich Bemerkenswerte an diesem Feldzug war etwas ganz anderes. Immerfort schwebte über Tschinggis-Chans Kopf eine Wolke am Himmel und schützte ihn vor der Sonne. Wo er war, da war auch die Wolke. Die weiße Wolke, so groß wie eine geräumige Jurte, folgte ihm hoch droben wie ein Lebewesen. Und niemandem kam in den Sinn, daß dies ein Vorzeichen war, daß so der Himmel selbst dem künftigen Beherrscher der Welten seinen Segen erteilte – gab es denn wenige Wolken dort oben? Doch Tschinggis-Chan, der die Wolke bemerkt hatte, beobachtete sie unauffällig und gewann immer mehr die Überzeugung, daß in dieser wundersamen Erscheinung der Wille Tengris, der Wille des Himmels, zum Ausdruck komme. Das Erscheinen der Wolke hatte ihm ein fahrender Wahrsager prophezeit, dem er gestattet hatte, sich seiner Person zu nähern. Jener fremdländische Wahrsager war nicht vor ihm niedergefallen, hatte ihm nicht geschmeichelt, hatte nicht vorsätzlich zu seinen Gunsten prophezeit. Mit würdig erhobenem Haupt hatte er vor dem drohenden Antlitz des in einer goldenen Jurte auf dem Thron sitzenden Steppeneroberers gestanden, hager, abgerissen, mit sonderbar langem, wie bei einer Frau bis zur Schulter reichendem Lockenhaar. Der Fremdländische hatte einen strengen Blick gehabt, einen beeindruckenden Bart, ein sonnengebräuntes Gesicht und herbe Gesichtszüge.

»Ich bin zu dir gekommen, großer Chagan«, ließ er ihm durch den Dolmetscher, einen Uiguren, übermitteln, »um dir zu sagen, daß du nach dem Willen des Allerhöchsten Himmels ein besonderes Zeichen von oben bekommen wirst.«

Für einen Moment war Tschinggis-Chan starr vor Überraschung. So eine unverantwortliche Erklärung konnte bedeuten, daß der Ankömmling nicht bei Verstand war oder nicht begriff, womit das für ihn enden konnte. »Was für ein Zeichen, und woher weißt du das?« wollte der mächtigste aller Herrscher jener Zeit wissen, während er kaum seinen Ärger bezwang und die Stirn runzelte.

»Woher ich es weiß, darf ich nicht offenbaren. Was aber das Zeichen anbelangt, so sage ich dir: Über deinem Kopf wird eine Wolke auftauchen und dir folgen.«

»Eine Wolke!« rief Tschinggis-Chan, ohne seine Verwunderung zu verhehlen, und zog jäh die Brauen hoch. Alle um ihn erstarrten unwillkürlich in Erwartung seines Zornesausbruchs. Die Lippen des Dolmetschers wurden blaß vor Angst. Die Strafe konnte auch ihn treffen.

»Ja, eine Wolke«, antwortete indes der Prophet. »Sie wird ein Fingerzeig des Großen Himmels sein, der deine hohe Stellung auf Erden segnet. Du aber mußt diese Wolke gut behüten, denn wenn du sie verlierst, verlierst du deine gewaltige Kraft ...«

In der goldenen Jurte trat eine dumpfe Pause ein. Alles war von Tschinggis-Chan in diesem Augenblick zu erwarten, doch unversehens erlosch der Grimm in seinem Blick wie der Lichtschein eines heruntergebrannten Lagerfeuers. Während er den wilden Drang, den Wahrsager zu strafen, bezwang, wurde ihm klar, daß es falsch wäre, dessen Worte als dreiste Herausforderung zu bewerten oder gar ihn dafür zu bestrafen – damit würde er nur seine Herrscherehre beflecken. Und da sagte Tschinggis-Chan, sein tückisches Lächeln hinter dem dünnen, rötlichen Schnurrbart verbergend: »Angenommen, der Allerhöchste Himmel hat dir eingegeben, diese Worte zu sagen.

Angenommen, ich habe dir geglaubt. Doch sage mir, hochweiser Fremdling, wie werde ich die freie Wolke am Himmel behüten? Soll ich etwa Treiber auf geflügelten Rossen dahin schicken, damit sie bei ihr Wache halten? Sollen sie die Wolke vielleicht für alle Fälle zäumen wie ein nicht zugerittenes Pferd? Wie also soll ich die vom Wind getriebene himmlische Wolke beschützen?«

»Das ist schon deine Sorge«, entgegnete der Fremdling knapp.

Wieder erstarrten alle, wieder trat Totenstille ein, wieder erbleichten die Lippen des Dolmetschers, und keiner der Männer in der goldenen Jurte wagte es, die Augen zu dem unglückseligen Propheten zu erheben, der sich aus Dummheit oder wer weiß warum zum sicheren Tod verurteilt hatte.

»Beschenkt ihn, dann soll er gehen«, murmelte Tschinggis-Chan dumpf, und seine Worte fielen in die Seelen wie Regentropfen auf ausgedörrte Erde.

Dieser sonderbare und abstruse Vorfall geriet bald in Vergessenheit. Es stimmt ja, was gibt es nicht alles für Sonderlinge auf Erden! Da hat sich jemand eingebildet, ein Wahrsager zu sein! Doch anzunehmen, jener Fremdling hätte leichtfertig seinen Kopf riskiert, wäre ungerecht. Er mußte doch begreifen, worauf er sich einließ. Was hätte es den Shassaul des Chans ausgemacht, ihn gefesselt an den Schwanz eines wilden Pferdes zu binden, ihn wegen Unehrerbietigkeit und Unverschämtheit einem schändlichen Tod auszuliefern! Irgend etwas mußte doch den tollkühnen Fremden bewogen, inspiriert haben, ohne zu zittern, vor den schrecklichen und erbarmungslosen Selbstherrscher und Tyrannen hinzutreten wie vor einen Löwen in der Wüste und ihm dreist zu prophezeien, dreist zu antworten. War es das Spiel eines Wahnsinnigen oder tatsächlich ein Werk des Himmels?

Nun, nach zwei Jahren, als im Lauf der Tage alles längst in Vergessenheit geraten war, erinnerte sich Tschinggis-Chan wieder an den Vorfall mit dem unglückseligen Wahrsager. Die ganze Zeit seither war mit den Vorbereitungen seines Reiches auf den Westfeldzug ausgefüllt gewesen. Später gewann Tschinggis-Chan die Überzeugung, diese zwei Jahre seien auf seinem Weg zur Macht, dem Weg zur unaufhaltsamen Erweiterung der Reichsgrenzen, die entscheidendsten gewesen, was die Sammlung von Kräften und Mitteln für den weltweiten Durchbruch, für die ersehnte Eroberung von Gebieten und Ländern betraf, deren Besitz ihn zum Herrscher über alle vier Himmelsrichtungen, über all jene fernen Erdteile machen sollte, die die Flut seiner unbesiegbaren Reiterei zu überschwemmen vermochte. Diese Wahnsinnsidee, die unbezähmbare Gier nach Alleinherrschaft und Allmacht, bestimmte letzten Endes das grausame Wesen des Steppenimperators, seine historische Mission. Das gesamte Leben des Reiches – mit all seinen botmäßigen Stammesverbänden, den Ulussen in den riesigen asiatischen Gebieten, mit seiner gesamten, heterogen zusammengesetzten Bevölkerung, die von einer einzigen harten Hand gebändigt war, mit allen Begüterten und Besitzlosen, gleich, ob sie in den Städten oder in Nomadenlagern lebten, jedes einzelnen Menschen also, wer immer er war und womit immer er sich befassen mochte – diente dieser unersättlichen, teuflischen Leidenschaft, immer neue Gebiete zu erobern, immer mehr Völker zu unterwerfen. Ausnahmslos alle waren nur zum Dienen da, alle ordneten sie sich einem einzigen Ziel unter – Tschinggis-Chans Kriegsmacht zu vergrößern, zu stärken, zu vervollkommnen. Alles, was man auf Erden erzeugen, was man in Schaf- und Pferdeherden züchten, was man aus dem Schoß der Erde gewinnen konnte, um daraus Waffen für Rüstungsvorbereitungen herzustellen, jegliche lebendige, schöpferische Arbeit wurde für die Invasion, für den mächtigen Vorstoß Tschinggis-Chans nach Europa genutzt, nach seinen märchenhaft reichen Städten, wo jeden Krieger reiche Beute erwartete, nach seinen saftiggrünen Wäldern und den Wiesen, deren Gras den Pferden bis zum Bauch reichte, wo der Kumys in Strömen fließen und jeder die Freude über die Weltherrschaft miterleben würde, der unter Tschinggis-Chans Fahnen mit den flammenspeienden Drachen ins Feld gezogen war; diesen Sieg würde ein jeder genießen, als wäre es die himmlische Süße, die eine Frau in ihrem Schoß birgt, er mußte nur ausziehen, siegen und Länder unterwerfen! So hatte es der große Chagan befohlen, und so würde es kommen!

Dabei war Tschinggis-Chan durchaus ein Mann der Tat, berechnend und vorausschauend. Während er sich für den Einfall in Europa vorbereitete, wog er alles ab, zog er alles bis ins einzelne in Betracht. Durch treue Kundschafter und durch Überläufer, durch Kaufleute und Pilger, durch fahrende Derwische, chinesische Geschäftsleute, Uiguren, Araber und

Perser erfuhr er alles, was er für den Zug riesiger Heeresmassen wissen mußte – die bequemsten Wege und Furten. Dabei berücksichtigte er die Charaktere und Bräuche, die Religionen, den Handel und die spezifischen Gewerbe am jeweiligen Ort. Schreiben konnte er nicht, mußte deshalb all das im Kopf behalten, im Kopf den Vorteil oder Nachteil jeder Erscheinung gegeneinander abwägen. Nur so konnte er einen planmäßigen Verlauf seines Unternehmens und, was die Hauptsache war, eine strikte eiserne Disziplin durchsetzen, nur so konnte er mit einem Erfolg rechnen. Tschinggis-Chan duldete keine Nachsicht – niemand und nichts durfte dem Hauptziel im Weg stehen, der Eroberung Europas.

Während er damals seine Strategie durchdachte, entschloß er sich auch zu einem beispiellosen Befehl – er verbot, im Volks-Kriegerzug Kinder zur Welt zu bringen. Gewöhnlich folgten nämlich die schwangeren Frauen und die kleinen Kinder vieler berittener Kämpfer auf Familientroßwagen dem Heer, zogen mit ihm von einem Ort zum anderen. Das war eine alte, vom Leben diktierte Tradition, denn in ihren endlosen Fehden rächten sich verfeindete Stämme nicht selten aneinander, indem sie Frauen und Kinder umbrachten, die schutzlos an den Orten zurückgeblieben waren. Vor allem die Schwangeren wurden getötet, damit die Sippe so an der Wurzel getroffen würde. Doch mit der Zeit änderte sich das Leben. Unter Tschinggis-Chan hatten sich die früher ständig verfeindeten Stämme immer mehr versöhnt und unter der Kuppel der Großmacht vereint.

In der Jugend, als Tschinggis-Chan noch Temüdschin hieß, hatte er selbst an solchen Stammeskämpfen teilgenommen und Grausamkeiten begangen, er hatte auch selbst Leid erfahren, so war einmal bei einem Überfall durch die benachbarten Merkiten seine geliebte Frau Borte geraubt und als Geisel festgehalten worden. Zum Herrscher geworden, unterband Tschinggis-Chan schonungslos innere Stammesfehden. Sie hinderten ihn beim Regieren, untergruben die Stärke seiner Macht.

Die Jahre gingen dahin, und allmählich erübrigte sich die alte Form des Familiengefolges im Troß. Vor allem aber wurden die Familien zur Last für die ganze Armee, hemmten ihre Beweglichkeit bei militärischen Operationen großen Maßstabs, insbesondere bei Frontalangriffen und bei der Überwindung von Wasserhindernissen. All dies veranlaßte die allerhöchste Weisung des Steppenherrschers – er verbot den Frauen im Armeedienst, aber auch denen, die ihre Männer im Troß begleiteten, kategorisch, vor dem siegreichen Ende des Westfeldzuges Kinder zu gebären. Diesen Befehl hatte er anderthalb Jahre vor dem Aufbruch gegeben. Als er den Würdenträgern seine Entscheidung erklärte, hatte er damals gesagt: »Wir unterwerfen die westlichen Länder, halten die Pferde an und sitzen ab, dann mögen die Troßfrauen Kinder gebären, soviel sie wollen. Vorher möchte ich von den Geburten in den Tümen nichts hören ...!«

Sogar Naturgesetze verwarf Tschinggis-Chan aus militärischen Erwägungen, er lästerte das Leben und Gott. Sogar Gott wollte er sich untertan machen, denn eine Empfängnis ist eine Botschaft Gottes.

Niemand im Volk und in der Armee widersprach ihm, kam auch nur auf den Gedanken, der Vergewaltigung zu widersprechen. Damals hatte Tschinggis-Chans Macht einen solchen Grad und eine solche Konzentration erreicht, daß sich alle widerspruchslos dem unerhörten Verbot, Kinder zu gebären, fügten; auf Ungehorsam stand unweigerlich die Todesstrafe.

Den siebzehnten Tag schon befand sich Tschinggis-Chan auf seinem Feldzug nach dem Westen in einer eigenen, noch nie erlebten Gemütsverfassung. Äußerlich benahm sich der große Chagan wie immer, so wie es sich für seine Person gehörte – zurückhaltend, streng, unnahbar, gleich einem Falken in Stunden der Ruhe. Doch innerlich triumphierte er, sang Lieder und dichtete:

In wolkenverhangener Nacht
lag meine Wache,
als wäre sie ein geschlossener Rauchabzug,
rund um meine Jurte und
schläferte mich ein.

Heut, auf diesem Feldzug,
will ich Dank sagen:
Meine alte nächtliche Wache
hat mich auf den Chan-Thron erhoben!

Bei Schneesturm und bei Nieselregen,
der bis auf die Haut durchdrang und frösteln ließ,
sogar unterm Wolkenbruch,
stand rund um meine Jurte,
meine Ruhe behütend, meine Wache!
Und mein Herz wurde still.

Heut, auf dem Feldzug, will ich Dank sagen:
Meine starke nächtliche Wache
hat auf den Thron mich erhoben.

Wenn sie inmitten der Feinde die Aufruhr gesät hatten,
den Köcher aus Birkenrinde
noch so leise rascheln hörte,
stürzte sich sofort in den Kampf
meine umsichtige nächtliche Wache.
Heut, auf dem Feldzug, will ich Dank sagen.

Das Nackenfell grimmig gesträubt im Mondschein,
umgibt das treue Rudel der Wölfe,
wenn es auf Jagd geht, das Leittier.
So ist beim Sturm auf den Westen
mein grauhaariges Rudel ständig um mich,
sind die Stoßzähne des Throns ständig bei mir,
Dank singe ich ihnen auf dem Weg.

Laut ausgesprochen, wären diese Verse für Tschinggis-Chan unangebracht gewesen – ihm stand es nicht an, sich mit Seelenergüssen die Zeit zu vertreiben. Doch unterwegs, von früh bis spät im Sattel, konnte er sich solchen Luxus erlauben.

Der eigentliche Beweggrund für solch innerliches Frohlocken aber war, daß nun bereits den siebzehnten Tag von morgens bis abends die weiße Wolke über Tschinggis-Chans Kopf am Himmel schwebte – wo er war, da war auch sie. Erfüllt hatte sich also die Weissagung des Propheten. Wer hätte das gedacht! Was hätte es ihn schon gekostet, den Sonderling für seine herausfordernde Unehrerbietigkeit und eine Dreistigkeit, die selbst in Gedanken unzulässig war, damals sofort töten zu lassen. Doch der Pilgersmann war am Leben geblieben. Also wollte es das Schicksal.

An dem Tag, da sie ihren Feldzug begonnen hatten, als alle Tümen, Troßwagen und Herden nach Westen aufgebrochen waren und die Massen gleich schwarzen Flüssen bei Hochwasser alles überschwemmten, als Tschinggis-Chan um die Tagesmitte, im Ritt das ein wenig ermüdete Pferd wechselnd, zufällig nach oben blickte, maß er der kleinen weißen Wolke, die langsam dahinschwebte, vielleicht aber auch über seinem Kopf erstarrt war, keine Bedeutung bei – wie viele Wolken ziehen doch durch die Welt!

Er setzte also, begleitet von seiner sich in einiger Entfernung haltenden Garde, seinen Weg fort. In Gedanken versunken, sah er sich zwischendurch vom Sattel aus besorgt nach dem im Marsch befindlichen vieltausendköpfigen Kriegsvolk um, das sich gehorsam und eifrig anschickte, die Welt zu erobern: So sehr fügten sie sich alle seinem persönlichen Willen, so eifrig waren sie dabei, seine Vorhaben auszuführen, als wären sie keine Menschen, von denen ein jeder insgeheim ebenso mächtig sein wollte wie er, sondern Finger seiner jetzt eben die Zügel des Pferdes umfassenden Hand. Und wieder fiel Tschinggis-Chans Blick auf jene Wolke, und wieder dachte er sich nichts dabei. Besessen vom Plan seiner weltweiten Eroberungen, machte er sich keine Gedanken, wie diese Wolke hoch droben in die gleiche Richtung ziehen konnte wie der Reiter unten. Welche Verbindung konnte es schon zwischen ihnen geben?

Keinem in diesem Zug fiel diese Wolke ins Auge, keiner interessierte sich dafür, keiner ahnte, was für ein Himmelswunder am hellichten Tag geschah. Warum sollten sie auch ihre Augen über den unübersehbaren Himmel schweifen lassen, wenn sie auf ihre Füße achten mußten. Die Verbände seiner Kriegsmacht zogen dahin, bewegten sich als dunkle Masse auf Wegen, durch Niederungen und über Anhöhen voran, wirbelten Staub unter Hufen und Rädern auf und ließen die bewältigten Strecken hinter sich, vielleicht für immer, unwiderruflich. Und all das geschah bereitwillig, der Manie des Chans zuliebe, nach seinem Willen; viele zehntausend Menschen gingen bereitwillig, von ihm vorangetrieben und inspiriert – von ihm, der nach immer mehr Ruhm gierte, nach Macht und Land.

So zogen sie dahin, und schon nahte der Abend. Sie mußten übernachten, wo die Dunkelheit sie ereilte, und am nächsten Morgen wieder aufbrechen.

Für den Chan selbst und seine Begleitung hatten die zur Bedienung des Hauptquartiers eingesetzten Tscherbisten rechtzeitig herrschaftliche Jurten errichtet. Die Jurten des Chans waren schon von weitem an ihren weißen Kuppeln zu erkennen. Das Banner des Chans – ein schwarzes Fahnentuch mit grellroter Borte und einem mit Seide und Goldfäden bestickten feuerroten, flammenspeienden Drachen – wehte schon neben seiner abseits von anderen stehenden Palastjurte im Wind. Die Kesegul der Palastwache – ausgesucht kräftige und finstere Männer – standen schon bereit in Erwartung des Chans. Hier wollte

Tschinggis-Chan mit den Heerführern nach dem gemeinsamen Abendmahl eine erste Beratung abhalten – die Ergebnisse des ersten Feldzugstages und insbesondere die Pläne für den nächsten Tag erörtern. Der Anfangserfolg seines Vormarsches stimmte ihn umgänglich – ihm war an diesem Abend sogar nach einem Festessen mit den Heerführern, auf dem er ihre Reden anhören und selbst Befehle erteilen würde; seinem Wort aber würden alle, starr vor Aufmerksamkeit, lauschen, konzentriert wie eingedickte Milch. Sein Wort galt allen vier Himmelsrichtungen, bald aber würde tatsächlich der ganze Erdkreis unterwürfig auf ihn hören, dazu war er schließlich mit seinen Heeren aufgebrochen – um sein Wort bestätigt zu sehen. Und das Wort ist eine ewige Kraft.

Doch die Absicht, ein Festmahl zu geben, ließ Tschinggis-Chan später fallen. Aus dem seelischen Gleichgewicht geraten, brauchte er völlige Einsamkeit.

Während er sich dem Hauptquartier näherte, erblickte er ganz in seiner Nähe nun schon zum dritten Mal die bekannte Wolke. Erst jetzt stockte ihm das Herz. Von einer unwahrscheinlichen Vermutung betroffen, fühlte er einen kalten Schauer, und er schaffte es gerade noch, die Mähne seines Pferdes zu packen, als ihn plötzlich eine Art Schwindel ergriff – die Erde verschwamm vor seinen Augen. So etwas war ihm noch nie widerfahren – nichts auf der dunkelbrüstigen Erde, auf Ötügen, der unerschütterlichen Grundlage der Welt, die der Himmel geschaffen hatte, damit es auf ihr Leben gab und sie beherrscht würde, hätte ihn so überwältigen können, daß er die Fassung verloren hätte; alles schien bereits erforscht zu sein, nichts auf Erden sollte seinen grausamen Verstand noch so verblüffen, seine in blutigen Geschäften verhärtete Seele so begeistern oder betrüben können, daß er seine Chan-Würde vergaß und sich wie ein Weib erschrocken an die Mähne des Pferdes krallte. Das konnte und durfte nicht sein. Schon von frühester Jugend an, als er seinen leiblichen Bruder Bekter mit dem Bogen getötet hatte – scheinbar im Streit um einen gefangenen Fisch, in Wirklichkeit aber aus einem in ihm erwachten Wolfsgespür heraus, daß sie im Sattel des Schicksals nicht zu zweit sitzen konnten –, als er erfahren hatte, daß Gewalt das richtigste und zuverlässigste Mittel ist, sich im Leben zu behaupten, war ihm auch klargeworden, daß es nichts, aber auch gar nichts gibt, was der Gewalt widerstehen könnte, was unter dem Ansturm grober Macht nicht auf die Knie fallen, jeglichen Glanz einbüßen, zu Staub zerfallen würde – seien es Stein, Feuer oder Wasser, Baum, Raubtier oder Vogel, vom sündigen Menschen ganz zu schweigen. Wenn eine Kraft die andere bezwingt, wird Erstaunliches bedeutungslos und Schönes erbärmlich. Daraus folgerte: Alles, was niedergeworfen werden kann, ist nichtswürdig, alles aber, was sich einem zu Füßen wirft, verdient Nachsicht je nach Laune des Nachsichtübenden. Darauf ruht die Welt …

Ganz anders steht es, wenn vom Himmel die Rede ist, der, wie die Himalaja-Pilger, die fahrenden Buchgelehrten, mitunter sagen, die Ewigkeit und die Unendlichkeit verkörpert. Ja, nur er, der unerreichbare Himmel, war ihm nicht untertan, war nicht greifbar, nicht zugänglich. Vor Tengri, dem Himmel, war er selbst ein Nichts – gegen ihn konnte er sich nicht auflehnen, er konnte ihn weder einschüchtern noch gegen ihn ins Feld ziehen. Tengri, dem Himmel, gegenüber, blieb nichts anderes übrig, als ihn anzubeten, sich vor ihm, der die irdischen Geschicke und, wie die Himalaja-Pilger behaupteten, die Bewegung der Welten lenkt, zu verneigen. Daher flehte er den Himmel wie jeder Sterbliche mit aufrichtigen Beteuerungen und Opfergaben an, ihm seine Gunst zu schenken und ihn zu beschützen, bat er, ihm zu helfen, daß er sich die Erdenwelt uneingeschränkt untertan mache; wenn es, wie die fahrenden Weisen behaupten, unterm Mond wirklich eine Vielzahl solcher Welten gebe, was koste es dann den Himmel, ihm die Erdenwelt für alle Zeiten zur alleinigen Herrschaft zu überlassen – ihm und seinen Erben, von Generation zu Generation! Wer unter den Menschen wäre denn mächtiger und würdiger als er, wer, der ihn an der nötigen Macht überträfe, über die vier Himmelsrichtungen zu herrschen, könne ihm gegenübergestellt werden! Insgeheim glaubte er immer mehr, daß er ein Sonderrecht habe, sich an den Allerhöchsten Himmel mit einer Bitte zu wenden, die niemand sonst auszusprechen wagte – mit der Bitte, ihm unbegrenzt Herrschaft über die Völker zu übertragen; einer mußte doch der Herrscher sein, warum also nicht der, der die andern zu unterwerfen vermochte! In seiner unendlichen Güte hatte ihm der Himmel dabei bisher keine Hindernisse in den Weg gelegt, und so sah sich Tschinggis-Chan immer mehr in seiner geheimen Meinung bestärkt, daß er beim

Himmel besonders gut angeschrieben sei, daß die allerhöchste, für den Menschen unerforschliche Zuneigung des Himmels ihm gehöre. Alles gelang ihm; was für Verwünschungen stießen die empörten Menschen überall dort aus, wo er mit Feuer und Schwert durchgezogen war! Doch nicht einer der jämmerlichen Flüche änderte etwas an der ständigen Zunahme seiner Macht und seines furchteinflößenden Ruhms. Im Gegenteil, je entschiedener man ihn verdammte, desto hemmungsloser mißachtete er die an den Himmel gerichteten Seufzer und Klagen. Dennoch kam es vor, daß ihn drückende Zweifel und Befürchtungen beschlichen, er könne den Allerhöchsten Himmel erzürnen, könne die Strafe des Himmels auf sich herabziehen. Dann erstarrte der große Chagan für eine Weile, bezwang sich, gönnte den Untergebenen eine kurze Ruhepause und war sogar bereit, einen gerechten Vorwurf des Allerhöchsten Himmels hinzunehmen, auch noch zu bereuen. Doch der Himmel zürnte nicht, er bekundete durch nichts sein Mißfallen und entzog ihm nicht seine grenzenlose Güte. Dann riskierte er wie beim Glücksspiel noch mehr, forderte die vermeintliche himmlische Gerechtigkeit heraus, erprobte die Geduld des Himmels. Und der Himmel duldete es! Der Chagan schloß daraus, daß der Himmel ihm alles erlaube. Und mit den Jahren festigte sich seine Überzeugung, daß er ein Auserwählter des Himmels sei, der Sohn des Himmels.

Daß er selbst für wahr hielt, woran man nur in Märchen glauben kann, gründete sich nicht nur darauf, daß ihn berittene Sänger bei großen Festlichkeiten vor den Massen in ihren Liedern Himmelssohn nannten und verherrlichten und daß sich dabei Tausende von Händen jubelnd gen Himmel reckten; das war ja simple menschliche Schmeichelei ... Er schloß aus eigener Erfahrung, der Göttliche Himmel nehme ihn mit all seinen Taten in Schutz, weil er auf Erden den Willen Tengris, des Allerhöchsten Himmels, ausführe. Der Himmel aber erkenne wie er nur die Macht an, nur die Äußerung der Macht, nur die Verkörperung der Macht, für die sich Tschinggis-Chan hielt.

Wie anders war zu erklären, was ihn bisweilen selbst wunderte – sein zielstrebiger, dem Flug eines sich in die Lüfte schwingenden Falkens gleichender Aufstieg in die Höhen eines schrecklichen und schwindelerregenden Ruhms, der Aufstieg eines Waisenknaben aus dem verarmten Geschlecht der Araten-Kijaten, die seit je nur von der Jagd und von der Viehzucht in der Steppe lebten, zur Weltherrschaft. Wie konnte es zur Eroberung einer so gigantischen, in der Geschichte beispiellosen Macht kommen – konnte das Leben der tollkühnen Waise doch bestenfalls das Schicksal eines verwegenen Räubers und Pferdediebs, der er ja auch ursprünglich war, bereithalten. Es war völlig klar – ohne Tengris, ohne des Himmels Ratschluß hätte das Herrscherbanner mit den feuerspeienden goldenen Drachen niemals die Stirn Temüdschins beschattet, der einst nur ein Pferd besaß, hätte er sich nie Tschinggis-Chan nennen können, hätte er nie unter der Kuppel der goldenen Jurte gethront!

Hier nun war die Bestätigung erschienen, daß dem tatsächlich so war, das unwiderlegbare Zeugnis, der anschauliche Beweis, daß der Himmel dem Chagan Asiens wohlgeneigt war. Da schwebte sie vor seinen Augen, die wundersame Wolke, die ihm offenkundig der fahrende Prophet vorhergesagt hatte. Um ein Haar hätte er für seinen Schwachsinn mit dem Kopf zahlen müssen, doch seine Worte waren in Erfüllung gegangen. Die weiße Wolke war eine Botschaft des Himmels für den Himmelssohn, ein Zeichen der Zustimmung und der Ermutigung, eine Künderin großer künftiger Siege.

Niemandem aus der vielköpfigen Menschenmenge im Feldzug kam in den Sinn, daß es so ein Wunder auf Erden gibt, niemand bemerkte die mitziehende weiße Wolke, niemand machte sich Gedanken, woher sie stammte und was sie bedeutete. Wer beobachtet schon freie Wolken am Himmel! Und nur er, der große Chagan, der die Steppen-Armada befehligte und sie einer neuen Unterwerfung der Welt entgegenführte, quälte sich unterwegs beim Anblick der ihn ständig begleitenden weißen Wolke, wurde von Vermutungen und widersprüchlichen Gefühlen heimgesucht – halb glaubte er an die Möglichkeit einer solchen unerhörten Erscheinung, halb auch wieder nicht. Und er schwankte – sollte er seine Beobachtungen und Gedanken hinsichtlich der sonderbaren weißen Wolke anderen, den mit ihm am Feldzug teilnehmenden Kampfgefährten mitteilen? Wenn er nun seine Gedanken offenbarte, das Geheimnis aufdeckte, die Wolke jedoch unversehens verschwand und ihn zum Narren machte? Würden die Leute nicht denken, er habe den Verstand verloren? Dann wieder faßte er neuen Mut und glaubte, die Wolke sei nicht eitel Wahn, werde nicht plötzlich verschwinden, sie sei ein Zeichen des Himmels und in ihr liege ein hoher Sinn; dann ergriff ihn unwillkürliche Freude, ein Gefühl der Beschwingtheit, Glauben an seinen Weitblick, an die Richtigkeit seines Feldzugs zur Eroberung des Westens, und noch mehr wurde er in der Absicht bestärkt, mit Feuer und Schwert das ersehnte Weltreich zu errichten. So zog er weiter. Es war die ewige, unersättliche Gier nach Herrschaft. Aus jeder Befriedigung erwuchs nur neues Verlangen.

Die weiße Wolke am Himmel jedoch segelte, ohne sich beirren zu lassen, gleichmäßig vor den Augen des Herrschers dahin, der auf seinem berühmten Paßgänger Chuba saß. Die Mähne weiß, der Schweif aber schwarz, so war er geboren. Kenner bestätigten, daß ein solches Pferd einmal in tausend Jahren unter einem besonderen Stern zur Welt kommt. Es war wirklich ein unübertrefflicher Geher, kein Renner, aber ein unermüdlicher Geher. Chuba ging im Paßgang, in ständig scharfem Tempo, so wie ein Landregen sich mit heißem Atem auf die Erde ergießt. Wären nicht Zaumzeug und Zügel, die ihn zurückhielten – ein solches Pferd könnte sich im heißen Eifer erschöpfen, sich bis zum letzten Tropfen verausgaben wie jener Regenguß. In alten Zeiten hat einmal ein Sänger gesagt, auf so einem Pferd hält sich der Mensch für unsterblich …

Zufrieden, von Herzen glücklich war Tschinggis-Chan. Während er einen nie dagewesenen Zustrom von Kraft spürte, sehnte er sich danach, etwas zu unternehmen, dem Ziel entgegenzueilen, als sei er selbst ein unermüdlicher Paßgänger, als bewege er sich selbst in einem unaufhörlichen gleichmäßigen Lauf, als seien, so wie Flüsse sich vereinen, sein Körper und sein Geist mit dem stürmischen Blutkreislauf des Pferdes eins geworden.

Ja, Reiter und Roß waren ebenbürtig – Kraft entzündete sich an Kraft. Daher erinnerte die Haltung des Herrschers im Sattel an die Pose eines Falken. Die Füße des fest im Sattel sitzenden stämmigen, bronzegesichtigen Reiters stemmten sich herausfordernd hochmütig und sicher in die Steigbügel. Er saß auf dem Pferd wie auf einem Thron, aufrecht, hocherhobenen Hauptes, das Siegel steinerner Ruhe auf dem schmaläugigen Gesicht mit den hervorstehenden Backenknochen. Von ihm gingen die Kraft und der Wille eines großen Herrschers aus, der unübersehbare Heerscharen zu Siegen und Ruhm führt.

Ein besonderer Grund für seine Hochstimmung war die weiße Wolke überm Kopf als Krönung eines Schicksals ohnegleichen. Alles paßte zusammen. Die Wolke ... Der Himmel ... Dem Zug voran aber wehte in den Händen von Fahnenträgern das Feldbanner, das immer dort war, wo sich Tschinggis-Chan aufhielt. Sie waren zu dritt, die Fahnenträger, imposante Männer, die stolz waren auf die allein ihnen anvertraute Ehre. Alle drei saßen auf gleich aussehenden Rappen. In der Mitte der drei ritt der Mann, der die Fahne hochhielt, zu seinen beiden Seiten ritten mit gefällten Lanzen seine Begleiter. Mit dem unbesiegbaren Herrscherbanner kündeten sie vom Weg des Chagan. Das mit Seide und Gold bestickte schwarze Fahnentuch flatterte im Wind, und der gestickte Drache, der eine grelle Flamme aus dem Rachen stieß, wirkte lebendig. Er war im Sprung erfaßt, und seine grimmig-allsehenden, wie bei einem Kamel vorquellenden Augen schossen nach allen Seiten Blicke, als wären sie in der Tat lebendig.

Vom frühen Morgen bis zum späten Abend leitete der unermüdliche Chagan den Feldzug vom Sattel aus. Von verschiedenen Seiten kamen Nojonen, Anführer von Tümen, mit Meldungen angesprengt, erhielten zu Pferd Befehle und kehrten im Galopp an ihre Plätze in den vorrückenden Heeren zurück. Sie mußten sich beeilen, damit sie auf trockenen Wegen noch vor den vorwinterlichen Regengüssen und der Schlammzeit das erste und wichtigste Hindernis auf dem Feldzug erreichten – die Ufer des großen Flusses, der Edil, der Wolga; dort würden sie den Einbruch der großen Fröste abwarten, dann den zugefrorenen Fluß überqueren und weiterziehen wie über die Ufer getretene Wassermassen, dem ersehnten Ziel, der Unterwerfung des Westens entgegen …

Vor dem Einbruch der Dämmerung dehnte sich die Steppe unter den flachen Strahlen der untergehenden Sonne so weit, wie man sich das Ausmaß der sichtbaren Welt nur vorstellen kann. Und in diesem lichtdurchfluteten Raum, im Widerschein der schon halb hinterm Horizont verschwundenen rotglühenden Sonne, zogen die Heerscharen, Tausende von Reitern, jedes Heer für sich, in Richtung der untergehenden Sonne, erinnerten von fern an die Strömung nebelverhangener schwarzer Flüsse.

Nur nachts, wenn die Truppen ihre Lager aufschlugen, fanden die überanstrengten Rücken der Pferde Ruhe von den Sätteln und Reitern.

Doch frühmorgens dröhnten an den Rastplätzen schon wieder die Dobulbas – riesige Trommeln aus Ochsenhaut – und riefen die Armee auf weiterzuziehen. Zehntausende von Menschen nach dem Schlaf wieder in Bewegung zu bringen ist nicht ganz leicht. Und die Männer, denen das Wecken oblag, scheuten keine Mühe – das nicht verstummende Dröhnen der Trommeln erklang in allen Lagern und Standorten wie schweres, stöhnendes Gedonner.

Zu dieser Stunde war der Chagan bereits munter. Er erwachte gewöhnlich als einer der ersten, ging in der fast noch sommerlichen Helligkeit der Herbstmorgen bei der Palastjurte auf und ab, konzentrierte sich, prüfte die Gedanken, die ihm nachts gekommen waren, gab Anweisungen und lauschte zwischendurch aufmerksam auf das Gedröhn der Trommeln ringsum, die die Heere in die Sättel und auf die Wagen bringen sollten. Ein neuer Tag begann, vervielfältigte die Stimmen, die Bewegungen, die Geräusche, wieder nahm der über Nacht unterbrochene Feldzug seinen Fortgang.

Die Trommeln dröhnten.

Das morgendliche Trommeln war nicht nur ein Signal zum Aufbruch, es bedeutete mehr. So trieb Tschinggis-Chan jeden an, der an seinem großen Feldzug teilnahm; es war eine Mahnung des gestrengen und unbeugsamen Befehlshabers, der mit dem Trommelgedröhn gewissermaßen durch geschlossene Türen ins Bewußtsein der vom Schlaf Erwachenden brach und so jeglichen Gedanken zuvorkam, die anders waren als die seinen, als die von ihm, von seinem Willen aufgezwungenen, denn im Schlaf sind die Menschen weder fremdem noch dem eigenen Willen unterworfen. Schlaf ist schlechte, unnütze, gefährliche Freiheit, die man unbedingt die Erwachenden schon in den ersten Augenblicken ihrer Rückkehr aus dem Schlaf entschlossen und grob vergessen lassen muß, um sie wieder in die Wirklichkeit zurückzuholen – zum Dienst, zur widerspruchslosen Unterordnung, zu Taten.

Bei dem an Stiergebrüll erinnernden dumpfen Trommelklang lief Tschinggis-Chan jedesmal ein Kälteschauer den Rücken hinunter – die dumpf dröhnenden Dobulbas erinnerten ihn daran, wie ihn einmal in der Kindheit das wilde Gebrüll zweier Stiere, die in seiner unmittelbaren Nähe aneinandergeraten waren und mit den Hufen Schotter und Staub aufwühlten, so in seinen Bann geschlagen hatte, daß er wie besinnungslos zum Bogen griff und seinen schlafenden leiblichen Bruder Bekter, mit dem er zuvor wegen eines im Fluß gefangenen kleinen Fisches in Streit geraten war, mit einem Pfeil durchbohrte. Bekter schrie gellend auf, sprang hoch und fiel blutüberströmt wieder zu Boden. Er aber, Temüdschin – damals war er noch einfach Temüdschin –, die Waise des früh verstorbenen Issugejbatur, lief erschrocken den Berg hinauf, hängte sich einen neben der Jurte liegenden Dobulbas über die Schulter und begann dort auf dem Berg die Trommel zu schlagen, lange und eintönig. Seine Mutter Agolen indessen brüllte und heulte unten, riß sich die Haare aus und verfluchte den Brudermörder. Dann kamen andere Leute angelaufen, und alle schrien sie ihm etwas zu und schwenkten die Arme, doch er hörte nichts, er schlug unentwegt die Trommel. Und aus irgendeinem Grund kam niemand ihm nahe. Bis zum Morgengrauen saß er auf dem Berg und schlug den Dobulbas ...

Das mächtige Gedröhn Hunderter von Dobulbas war jetzt sein Kampfruf, sein wütendes Gebrüll, seine Furchtlosigkeit und Grausamkeit, sein Signal an alle, die an seinem Feldzug teilnahmen, hinzuhören, aufzustehn, zu handeln und sich auf sein Ziel zuzubewegen, die Welt zu unterwerfen. Und sie werden ihm bis ans Ende folgen – irgendwo gibt es doch eine Grenze des Horizonts, und alles, was da kreucht und fleucht, alles, was hören kann, wird innerlich erzitternd seine Kampftrommeln vernehmen. Sogar die weiße Wolke, seit kurzem die ständige Vertraute seiner geheimen Gedanken, kreist unbeirrt gleichmäßig über seinem Kopf beim morgendlichen Trommelschlag. Ein heftiger Windstoß läßt sein Herrscherbanner mit den aufgestickten, lebendig wirkenden feuerspeienden Drachen rauschen. Nun läuft der Drache auf dem Fahnentuch dem Wind entgegen, und helle Flammen schlagen aus seinem Rachen.

Schön waren die Morgen in jenen Tagen ...

Nachts aber, vor dem Schlaf, machte Tschinggis-Chan einen Rundgang in der Umgebung. Überall in den öden Weiten, so weit das Auge reichte, brannten Lagerfeuer, loderten in der Nähe und blinkten in der Ferne. Über allen Feld- und Troßlagern, über allen Rastplätzen der Treiber von Pferde- und Schafherden schwebten weißliche Rauchfahnen, zu dieser Stunde schlürften die Leute schwitzend Suppe und aßen sich an Fleisch satt. Der Geruch von gekochtem Fleisch, das in riesigen Stücken aus den Kesseln geholt wurde, zog von allen Seiten hungriges Steppengetier an. Hier und da funkelten im Dunkeln die fiebrigen Blicke solcher unglücklichen Geschöpfe, und ihr klägliches Geheul drang an die Ohren.

Inzwischen fiel die Armee rasch in einen todesähnlichen Schlaf. Nur die Rufe der nächtlichen Streifen, die die Rastplätze der Heere umkreisten, zeugten davon, daß auch nachts das Leben nach einer geregelten Ordnung verlief. So gehörte es sich auch; alles mußte vorherbestimmt, mußte letzten Endes auf das einzige und höchste Ziel ausgerichtet sein – den strikten und uneingeschränkten Dienst an Tschinggis-Chans Welteroberungsidee. In solchen Minuten begriff er, sich innerlich berauschend, das eigene Wesen, sein Übermenschentum – je größer die Macht war, über die er verfügte, desto unausrottbarer, wilder wurde seine Gier nach mehr, daraus aber ergab sich unweigerlich der absolute Schluß: Notwendig war nur, was seinem auf Machtzuwachs berechnetem Ziel entsprach, alles andere hatte kein Daseinsrecht.

Deshalb kam es zu jener Hinrichtung in der Sary-Ösek, von der die Legende noch nach vielen Zeiten künden sollte – zum Unglück für Abutalip Kuttybajew, der sie viel später aufschrieb:

Eines Nachts ritt eine Streife um einen Heeresteil des rechten Flügels. Hinter den Feldlagern der Krieger befanden sich die Rastplätze des Trosses, der Viehtreiber und verschiedener Handwerkerdienste. Die Streife blickte auch in diese Stätten. Alles war in Ordnung. Die vom Tagesmarsch ermüdeten Leute schliefen einer neben dem andern – in Jurten, Zelten, viele auch unter freiem Himmel an herunterbrennenden Lagerfeuern. Stille herrschte weit und breit, und alle Jurten waren dunkel. Die berittene Streife beendete ihre Kontrolle. Sie bestand aus drei Mann. Die Pferde zügelnd, unterhielten sie sich über irgendwas, bevor sie weiterritten. Der Anführer, ein hochgewachsener Reiter mit der Mütze eines Sotniks, eines Hundertschaftsführers, verfügte halblaut: »Na, das wär's! Zieht los und legt euch aufs Ohr. Ich komme bald nach. Seh' nur noch hier rein.«

Zwei Reiter entfernten sich. Der Zurückgebliebene, der Sotnik, sah sich zunächst bedächtig um und lauschte, dann stieg er ab und ging, das Pferd am Zügel führend, an zahlreichen Troßwagen und Feldzugswerkstätten, ausgespannten Fuhrwerken von Sattlern, Näherinnen und Waffenschmieden vorbei, zu einer einsamen Jurte am äußersten Rand des Lagers. Während er mit nachdenklich gesenktem Kopf ging und auf alle Laute achtete, erhellte das von oben fallende Mondlicht vage die Züge seines großflächigen, kräftigen Gesichts und die verschleiert blinkenden großen Augen des Pferdes, das ihm gehorsam am Zügel folgte.

Der Sotnik Erdene näherte sich der Jurte, in der er wohl schon erwartet wurde. Aus der Jurte trat eine Frau, die ein Tuch übergeworfen hatte, und blieb erwartungsvoll neben dem Eingang stehen.

»Sambainu«, begrüßte er sie mit gedämpfter Stimme, »guten Tag.« Und fragte sogleich beunruhigt: »Nun, wie steht's?«

»Alles in Ordnung, alles ist gutgegangen, dem Himmel sei Dank. Du brauchst dich nicht mehr zu sorgen«, flüsterte die Frau lebhaft. »Sie wartet schon sehr auf dich. Hörst du, sehr.«

»Ich wollte selber längst hier sein!« antwortete der Sotnik Erdene. »Aber wie zum Trotz hat der Anführer unseres Tümen, der Nojon, beschlossen, unterwegs die Pferde zu zählen. Drei Tage konnte ich mich nicht freimachen, hatte dauernd in den Herden zu tun.«

»Mach dir nichts draus, Erdene! Was hättest du hier schon tun können? Warum solltest du jemand unter die Augen geraten? Mach dir nichts draus.« Beschwichtigend wiegte die Frau den Kopf, dann sagte sie: »Hauptsache, daß alles gutgegangen ist, daß sie so leicht entbunden hat. Kein einziges Mal hat sie geschrien, sie hat alles tapfer ertragen. Am Morgen aber habe ich sie in einem gedeckten Wagen untergebracht. Als ob nie etwas gewesen wäre. So eine prächtige Frau hast du! Oi, was mach' ich denn!« erschrak sie plötzlich, denn ihr war etwas sehr Wichtiges eingefallen. »Soll doch der Falke, der sich dir auf die Hand gesetzt hat, immer mit dir sein!« gratulierte sie ihm. »Denk dir einen Namen für deinen kleinen Sohn aus!«

»Der Himmel erhöre deine Worte, Altun! Dogulang und ich, wir werden dir ewig dankbar sein«, sagte der Sotnik, ohne die Simme zu erheben. »Einen Namen finden wir schon, daran soll's nicht fehlen.«

Er übergab die Zügel der Frau, und sie ging beiseite.

»Keine Sorge, ich pass' auf das Pferd auf wie immer«, versicherte Altun. »Geh nur, geh. Dogulang wartet schon sehr auf dich.«

Der Sotnik zögerte noch eine Weile, als fasse er sich ein Herz, dann trat er auf die Jurte zu, schlug den schweren dichten Filzvorhang über der Tür ein wenig zurück, bückte sich und trat ein. Mitten in der Jurte brannte ein kleiner Herd, und in seinem matten, fahlen Widerschein erblickte er sie, seine Dogulang, die, einen Marderfellmantel über der Schulter, im hinteren Teil des Wohnraumes saß. Mit der rechten Hand schaukelte sie sacht eine transportable Wiege, über die eine Steppdecke gebreitet war.

»Erdene!« rief die Stickerin leise beim Eintritt des Sotniks. »Hier bin ich«, sagte sie lächelnd und verwirrt. »Wir sind hier!« verbesserte sie sich.

Der Sotnik nahm schnell den Köcher ab, den Bogen, die Klinge samt Scheide, legte die Waffen neben dem Eingang ab und trat mit ausgestreckten Armen zu ihr. Er sank auf die Knie, und ihre Gesichter berührten sich. Sie umarmten sich, legten einander die Köpfe auf die Schulter und erstarrten in der Umarmung.

Für kurze Zeit schien die Welt für sie unter der Kuppel der Jurte beschlossen zu sein. Was außerhalb dieser mobilen Wohnstatt blieb, hatte seine Wirklichkeit verloren. Wirklichkeit waren nur noch sie beide, nur das, was sie in dieser Aufwallung vereinte, und das winzige Wesen in der Wiege, das vor drei Tagen das Licht der Welt erblickt hatte.

Erdene fand als erster die Sprache wieder.

»Wie geht es dir? Wie fühlst du dich?« fragte er, immer noch außer Atem. »Ich habe mir solche Sorgen gemacht.« Er küßte ihre Hand.

»Jetzt ist ja alles vorbei«, entgegnete die Stickerin lächelnd im Halbdunkel. »Denk nicht daran. Frag jetzt lieber nach unserem Kind. Er ist ein kräftiger kleiner Kerl. Saugt ganz fest an meiner Brust. Er sieht dir sehr ähnlich. Auch Altun sagt, er sehe dir sehr ähnlich.«

»Zeige ihn mir, Dogulang. Laß mich ihn ansehn.«

Dogulang trat beiseite, doch bevor sie die Decke über der Wiege anhob, horchte sie, unwillkürlich besorgt, auf Laute von draußen. Ringsum war alles still.

Lange schaute der Sotnik hin und suchte in dem noch ausdruckslosen Gesichtchen des schlafenden Säuglings seine Züge zu entdecken. Während er mit angehaltenem Atem auf das Neugeborene blickte, begriff er das Mysterium des Zur-Welt-Kommens von Nachwuchs vielleicht zum erstenmal als göttliche Vorsehung.

Wohl deshalb sagte er, jedes Wort abwägend: »Nun werde ich immer mit dir zusammensein, Dogulang, immer mit dir zusammen, selbst wenn mir etwas geschehen sollte. Denn du hast meinen Sohn.«

»Du mit mir? Schön wär's!« Die Frau lächelte traurig. »Du willst sagen, der Kleine ist deine Wiedergeburt, wie es bei Buddha heißt. Das habe ich vorhin gerade gedacht, als ich ihn stillte. Ich hielt ihn im Arm, ihn, der vor drei Tagen noch nicht auf der Welt war, und sagte mir, das seist du in deiner neuen Gestalt. Und du hast das jetzt gedacht?«

»Ja. Aber nicht ganz so. Mit Buddha kann ich mich nicht vergleichen.«

»Brauchst du auch nicht. Du bist nicht Buddha, aber du bist mein Drache. Ich vergleiche dich immer mit einem Drachen«, flüsterte Dogulang zärtlich. »Ich sticke den Drachen auf die Fahnen. Niemand weiß es – aber das bist immer du! Auf all meinen Fahnen! Manchmal sehe ich den Drachen auch im Traum, ich sticke ihn, er wird lebendig, und – lach mich nicht aus! – ich umarme ihn, wir vereinigen uns im Traum, und wir fliegen, der Drache trägt mich, ich fliege mit ihm dahin, und im schönsten Augenblick stellt sich heraus, das warst du. Im Traum bist du bald als Drache und bald in deiner Menschengestalt bei mir. Und wenn ich erwache, weiß ich nicht, was ich glauben soll. Ich habe dir doch auch früher immer gesagt, Erdene, du seist mein feuriger Drache. Das war kein Scherz. So war es. Dich, deine Verkörperung als Drache, sticke ich auf die Fahnen. Und jetzt habe ich von dem Drachen ein Kind geboren!«

»Es soll sein, wie es dir gefällt. Doch höre, Dogulang, was ich dir sage.« Nach kurzem Schweigen fuhr der Sotnik fort: »Jetzt, da uns ein Kind geboren wurde, müssen wir überlegen, wie es weitergehen soll. Laß uns darüber reden. Doch zuvor möchte ich, daß du weißt – du weißt es ohnehin, aber ich sage es dennoch –: Ich habe mich immer nach dir gesehnt und sehne mich immer nach dir. Das wird niemand verstehen. Und am meisten fürchte ich nicht etwa, in der Schlacht den Tod zu finden, sondern meine Sehnsucht zu verlieren, sie einzubüßen, fürchte ich. Die ganze Zeit, da ich mal hierhin, mal dorthin in den Kampf zog, dachte ich, wie ich meine Sehnsucht von mir trennen könne, damit sie nicht zusammen mit mir stirbt, sondern bei dir bleibt. Mir fiel nichts ein, doch ich wünschte mir, meine Sehnsucht würde sich in einen Vogel verwandeln, vielleicht auch in ein wildes Tier, in etwas Lebendiges, das ich dir in die Hände geben könnte und sagen: Da, nimm, das ist meine Sehnsucht, sie soll immer bei dir sein. Dann würde ich den Tod nicht fürchten. Jetzt begreife ich, mein Sohn wurde von meiner Sehnsucht nach dir geboren. Und er wird immer bei dir sein.«

»Wir haben ihm aber noch keinen Namen gegeben. Hast du für ihn einen Namen gefunden?« fragte die Frau.

»Ja«, antwortete der Sotnik. »Wenn du einverstanden bist, geben wir ihm den schönen Namen – Kunan!«

»Kunan!«

»Ja!«

»Sehr gut. Kunan, der junge Renner!«

»Ja, ein dreijähriges Pferd. Mit ursprünglicher Kraft. Die Mähne wie ein Sturm, die Hufe wie Blei.«

Dogulang neigte sich über den Säugling und wandte sich an ihn: »Hör nur, dein Vater wird dir deinen Namen sagen!«

Der Sotnik Erdene sagte: »Dein Name ist Kunan. Hörst du, Söhnchen, dein Name ist Kunan. So soll es sein.«

Sie schwiegen eine Weile, unwillkürlich beeindruckt von der Bedeutsamkeit des Augenblicks. Die Nacht war still, nur im Lager nebenan jaulte gutmütig ein Hund, und von fern drang das lang anhaltende

Wiehern eines Pferdes – vielleicht dachte es mitten in der Nacht an seine Heimat in den Bergen, an schnelle Flüsse, dichtes Gras und an Sonnenlicht, das dort auf die Herde, auf die Pferderücken fiel … Ihr kleiner Sohn aber, der einen Namen erhalten hatte, schlief seelenruhig, und sein Schicksal, ebenso jung wie er, schlief einstweilen noch neben ihm. Bald schon sollte es sich in Erinnerung bringen.

»Ich habe nicht nur an einen Namen für unser Kind gedacht.« Der Sotnik Erdene brach das Schweigen, strich sich mit fester Hand über den Schnurrbart und sagte mit einem Seufzer: »Ich habe noch über etwas anderes nachgedacht, Dogulang. Dir ist doch klar – mit dem Kind darfst du hier nicht bleiben. Du mußt möglichst schnell weg von hier.«

»Weg?«

»Ja, Dogulang, weg, je eher, desto besser.«

»Das habe ich auch gedacht, aber wohin und wie? Und was machst du?«

»Das sage ich gleich. Wir gehen zusammen.«

»Zusammen? Das dürfen wir nicht, Erdene!«

»Nur zusammen. Kann es anders sein?«

»Überleg dir, was du sagst, du bist ein Sotnik vom rechten Tümen!«

»Ich habe es mir schon überlegt, gründlich.«

»Aber wie willst du der Hand des Chagan entgehen, so einen Ort gibt es nicht auf Erden! Nimm Vernunft an, Erdene!«

»Ich habe schon alles durchdacht. Hör mich ruhiger an. Wir brachten es nicht übers Herz, uns am Anfang zu trennen, als wir es noch gekonnt hätten, als wir noch in dichtbevölkerten Städten standen, mit

Basaren und Landstreichern. Mit gutem Grund habe ich dir damals gesagt, Dogulang: Ziehen wir uns doch das Zeug von Fremdländischen über, schließen uns fahrendem Volk an, und ab geht's in die weite Welt!«

»In welche Welt, Erdene!« rief die Stickerin bekümmert. »Wo gibt es für uns schon ein Land, in das wir einfach so gehen könnten! Uns ist nicht bestimmt, nach unserem Willen zu leben. Leichter wäre es, vor Gott davonzulaufen – dem Chagan entgeht man nicht. Deshalb konnten wir uns nicht dazu durchringen, du weißt es selber. Wer aus dem Heer hätte sich auch zu so einem Schritt entschließen können? Deshalb blieben wir, und unser Geheimnis hüteten wir zwischen Furcht und Liebe – du konntest das Heer nicht verlassen, das hätte dich den Kopf gekostet, und ich konnte nicht vor dir davonlaufen, da hätte ich mein Glück preisgegeben. Ein anderes aber will ich nicht. Und nun sind wir nicht mehr allein. Wir haben ein Kind.«

Sie verstummten beklommen. Dann sagte der Sotnik: »Es gibt Leute, die treibt ihre Schande in die Flucht, ihre Ehrlosigkeit, ihre Furcht nach begangenem Verrat – sie laufen davon, nur um sich zu retten. Wir müssen fliehen, weil das Schicksal uns ein Kind geschenkt hat, doch zahlen müssen wir denselben Preis. Mit Schonung können wir nicht rechnen. Der Chagan wird seinen Befehl nie aussetzen. Wir müssen weg von hier, Dogulang, ehe es zu spät ist, einen anderen Ausweg haben wir nicht. Schüttle nicht den Kopf. Es gibt keinen anderen Ausweg. Glück und Unglück entspringen einer Wurzel. Wir haben Glück erlebt – nun wollen wir die Not nicht fürchten. Wir müssen weg.«

»Ich verstehe dich ja, Erdene«, sagte die Frau leise. »Du hast natürlich recht. Ich überlege nur, was besser wäre – sterben oder am Leben bleiben. Von mir will ich nicht reden. Ich bin mit dir so glücklich, ich habe mir gesagt: Wenn nötig, will ich sterben, aber nie werde ich das töten, was ich von dir bekommen habe. Ob es nun dumm ist oder klug – ich habe es nicht übers Herz gebracht …«

»Quäl dich nicht, bitte, grüble nicht über Leben oder Nichtleben! Wir wollten den noch Ungeborenen nicht opfern. Wir müssen mit dem Kind leben! Fliehen und leben. Wir beide haben das gewollt.«

»Ich spreche nicht von mir. Ich meine etwas anderes. Kannst du mir sagen: Wenn sie mich hinrichten – lassen sie dann dich und deinen Sohn am Leben?«

»Laß solche Reden. Demütige mich nicht, Dogulang. Geht es denn darum? Sag mir lieber, wie du dich fühlst. Wirst du imstande sein aufzubrechen? Du fährst mit Altun in einem Wagen, sie kommt mit, ist dazu bereit, in einem Wagen mit einem Ersatzpferd. Ich reite nebenher, um nötigenfalls Verfolger abzuwehren …«

»Wie du meinst«, antwortete die Stickerin knapp. »Wenn ich nur bei dir bin! In deiner Nähe!«

Die Köpfe über die Wiege geneigt, verstummten sie erneut.

»Sag«, sprach Dogulang dann, »ist es wahr, daß wir bald das Ufer des Jaikf erreichen? Altun hat es gehört.«

»In ein paar Tagen wohl, weit kann es nicht mehr

sein. Morgen schon betreten wir die Flußniederungen. Da kommen Auenwälder, Buschwerk und Gestrüpp, gleich dahinter ist dann der Jaik.«

»Ist der Fluß groß und tief?«

»Er ist der größte Fluß auf dem Weg zur Edil.«

»Tief?«

»Nicht jedes Pferd kann über ihn hinüberschwimmen, besonders dort, wo die Strömung reißend ist. Die Flußarme sind seichter.«

»Also ist der Fluß tief und fließt gleichmäßig?«

»Er ist spiegelglatt, reißende Abschnitte ausgenommen. Du weißt doch, ich habe meine Kindheit in der Jaik-Steppe verbracht, wir stammen von dort. Alle unsere Lieder besingen den Jaik. In Mondnächten ertönen sie bis zum Morgen.«

»Ich weiß noch«, entgegnete die Stickerin besonnen. »Du hast mir einmal ein Lied vorgesungen, das ich bis heute nicht vergessen kann, es galt einem Mädchen, das vom Liebsten getrennt worden war und sich im Jaik ertränkte.«

»Das ist ein sehr altes Lied.«

»Ich habe einen Wunschtraum, Erdene, ich möchte etwas in diesem Sinn auf ein weißes Seidentuch stikken – das Wasser ist bereits über dem Mädchen zusammengeschlagen, man sieht nur leichte Wellen, ringsum Pflanzen, Vögel, Schmetterlinge, nur das Mädchen ist nicht mehr da, es hat das Leid nicht ertragen. Und wer ein inneres Gehör hat, für den erklingt das traurige Lied über dem traurigen Fluß.«

»Einen Tag noch, und du wirst diesen Fluß sehen, schon in herbstlicher Stimmung. Lassen wir das jetzt, Dogulang. Morgen nacht mußt du bereit sein. Sowie ich mit dem Ersatzpferd komme, mußt du mit der Wiege herauskommen können, zu beliebiger Zeit. Wir dürfen nicht zögern. Jetzt schon gar nicht. Ich würde dich noch heute, unverzüglich, mit dem Kind wegbringen, egal, wohin. Aber ringsum ist freie Steppe, man kann sich nirgends verstecken, nirgends Unterschlupf finden, alles liegt da wie auf der offenen Hand, und wir haben Mondnächte. Mit einem Wagen kommt man in der Steppe nicht weit, wenn Berittene einen verfolgen. Weiter zum Jaik hin beginnen Waldgebiete, da sieht alles anders aus.«

Sie unterhielten sich noch lange, verstummten ab und zu und fingen wieder an zu erörtern, was ihrer am Vorabend eines unbekannten Schicksals, das nun schon mit dem Sohn verbunden war, harrte. Unversehens meldete sich der Kleine selbst, ächzend regte er sich in der Wiege und begann zu weinen, wobei er wie ein Welpe quiekte. Schnell nahm Dogulang ihn in den Arm und legte ihn, wegen der ungewohnten Situation verlegen, halb abgewandt an die glatte und weiß glänzende Brust, die der Sotnik doch so gut kannte und die er unzählige Male in heißer Aufwallung geküßt, die er beim Betasten jedesmal insgeheim mit dem rundlichen Rücken einer sich duckenden jungen Ente verglichen hatte. Jetzt sah er alles im neuen Licht der Mutterschaft. Der Blick des Sotniks erstrahlte vor Bewunderung und Entzücken, und ein Gedanke ließ ihn plötzlich stumm den Kopf drehen: Wieviel hatte er doch in der letzten Zeit durchmachen müssen, nun aber war eingetreten, was im unaufhaltsamen Lauf der Tage eintreten mußte – er war Vater, Dogulang Mutter, sie hatten einen

Sohn, und die Mutter nährte das Kind mit ihrer Milch … So war es bestimmt seit Urbeginn. Aus Gras erwächst Gras, so will es die Natur, Geschöpfe werden von Geschöpfen geboren, auch das will die Natur, und nur die Laune eines Menschen vermag sich der Natur in den Weg zu stellen …

Der Kleine saugte schmatzend an der Brust, er trank sich satt; die Brust – diese junge Ente – hatte ihn schnell besänftigt.

»Oi, es kitzelt!« Dogulang wand sich hin und her und lachte plötzlich froh auf. »So ein munterer kleiner Kerl. Hat sich festgesaugt wie ein Kälbchen. Nicht loszureißen«, sagte sie, als müsse sie sich für ihr glückliches Lachen rechtfertigen. »Er sieht dir aber wirklich sehr ähnlich, unser Kunan. Unser kleiner Drache, der Sohn des großen Drachen! Jetzt hat er die Äuglein aufgemacht! Sieh nur, sieh, Erdene, auch die Augen sind deine, und ebenso die Nase …«

»Ähnlich ist er, natürlich, sehr ähnlich«, pflichtete der Sotnik gern bei. »Ich erkenne jemanden, sehr sogar.«

»Was heißt – jemanden?« fragte Dogulang verwundert.

»Mich natürlich!«

»Nimm ihn, halt ihn ein wenig im Arm. Was für ein lebhaftes Knäuel! Und so leicht! Als hielte man ein Häschen im Arm.«

Scheu übernahm der Sotnik den Kleinen – in Verlegenheit geratend, weil ihm in diesem Augenblick die Kraft und Schwere der eigenen Hände überflüssig und unpassend erschien und weil er nicht wußte, wie er seine mächtigen Pranken dem nachgiebigen, schutzlosen Körperchen des Säuglings anpassen sollte; behutsam drückte er ihn an sich, richtiger: näherte ihn seinem Herzen. Und während er für eine bislang nie gekannte Regung von Zärtlichkeit nach einem Vergleich suchte und glücklich über die Entdeckung dieses Augenblicks lächelte, sagte er gerührt: »Weißt du, Dogulang, das ist kein Häschen, das ist mein Herz in meinen Händen.«

Der Kleine schlief bald ein. Für den Sotnik war es Zeit, an seinen Platz im Heer zurückzukehren.

Als der Sotnik Erdene in tiefer Nacht aus der Jurte seiner Geliebten trat, blickte er auf den Mond, dessen Schein über der herbstlichen Sary-Ösek nun ganz hell geworden war, aber sowie er die Schwelle der Stikkerin von Herrscherbannern überschritten hatte, befiel ihn auch ein Gefühl völliger Einsamkeit. Er wollte nicht weggehen, wollte wieder zurück zu Dogulang, zum Sohn. Die geheimnisvollen, klingenden Laute der unergründlichen Steppennacht verzauberten den Sotnik. Etwas Unbegreifliches, Unheilvolles erschloß sich ihm bei dem Gedanken, daß sie, die schicksalhaft in die Unternehmungen des großen Chagan einbezogen waren, zusammen mit ihm am Feldzug nach dem Westen teilnahmen und ihm dienten, gleichzeitig der Gefahr ausgesetzt waren, für die Geburt des Kindes in einem beliebigen Augenblick durch die Strafe des Chagans vernichtet zu werden. Also steckte in dem, was sie mit dem Gebieter über die vier Himmelsrichtungen verband, etwas Widernatürliches, von nun an mit ihrem Leben Unvereinbares, sich gegenseitig Ausschließendes, und es drängte sich eine einzige Schlußfolgerung auf – wegzugehen, die Freiheit zu erringen, das Leben des Kindes zu retten …

Schnell fand er in der Nähe die Dienerin Altun, die die ganze Zeit über wachsam gewesen war und sein Pferd gehütet, es aus dem Futtersack hatte fressen lassen.

»Na, hast du dein Söhnchen gesehen?« fragte Altun mit reger Anteilnahme.

»Ja, danke, Altun.«

»Hast du ihm einen Namen gegeben?«

»Er heißt Kunan!«

»Ein schöner Name. Kunan.«

»Ja. Möge der Himmel es hören. Nun aber, Altun, will ich dir sagen, was jetzt unverzüglich gesagt werden muß. Du bist für mich wie eine leibliche Schwester, Altun. Und für Dogulang und ihr Kind bist du eine treue, vom Schicksal gesandte Mutter. Ohne dich befänden wir uns nicht gemeinsam auf dem Feldzug, müßten wir unter der Trennung leiden. Und wer weiß, ob Dogulang und ich uns je wiedergesehen hätten. Denn wer am Krieg teilnimmt, den trifft der Krieg doppelt … Ich bin dir dankbar …«

»Ich verstehe«, sagte darauf Altun. »Mir ist schon alles klar. Du selbst, Erdene, hast dich ja auf etwas Unerhörtes eingelassen!« Altun wiegte den Kopf. Und setzte hinzu: »Geb's Gott, daß alles gutgeht. Ich verstehe ja«, fuhr sie fort, »in diesem großen Heer bist du heute ein Sotnik, ein Hundertschaftsführer, und schon morgen könntest du ein Tausendschaftsführer, ein Nojon, sein, geehrt fürs ganze Leben. Dann würden wir beide nicht über das reden, worüber wir jetzt reden. Du bist ein Sotnik, ich bin Sklavin. Damit ist alles gesagt. Du aber hast eine andere Wahl getroffen – folgst dem Ruf deines Herzens. Meine ganze Hilfe für dich besteht darin, das Pferd zu halten. Man hat mich deiner Dogulang als Dienerin beigegeben, damit ich ihr, du weißt es ja, bei der Arbeit helfe. Ich mach' das von Herzen gern, weil sie, wie ich meine, eine Tochter des Gottes der Schönheit ist. Ja, ja! Auch sie selbst ist schön! Aber nicht darum geht es mir. Ich spreche von etwas anderem. Dogulangs Hände besitzen Zauberkraft – ein paar Fadenknäuel und ein Stück Stoff kann jeder haben, doch was Dogulang stickt, davon kann ein anderer nicht einmal träumen. Das weiß ich von mir. Als seien sie lebendig, laufen bei ihr die Drachen über die Fahnen, wie vom Himmel geholt, so leuchten bei ihr die Sterne auf dem Stoff. Ich sag's doch, sie ist eine gottbegnadete Künstlerin. Ich bleibe bei ihr. Und wenn ihr beschlossen habt wegzugehen, dann komme ich mit. Allein schafft sie es nicht auf der Flucht, sie hat doch gerade erst entbunden.«

»Ebendarum geht es, Altun. Morgen gegen Mitternacht müßt ihr bereit sein. Du fährst mit Dogulang im Wagen, ich reite nebenher und führe das Ersatzpferd am Zügel. Wir fliehen in die Flußniederung des Jaik. Hauptsache, wir kommen bis zum Sonnenaufgang möglichst weit, damit die Verfolger am Morgen keine Spur mehr entdecken. Dann gelingt es uns freizukommen …«

Sie verstummten. Bevor der Sotnik Erdene in den Sattel stieg, neigte er den Kopf und küßte die welke Hand der Dienerin Altun, war ihm doch klar, daß die Vorsehung selbst ihm und Dogulang diese kleine

Frau gesandt hatte – vor vielen Jahren auf chinesischem Territorium in Gefangenschaft geraten und bis ins Alter als Dienerin in Tschinggis-Chans Troß geblieben. Wer war sie schon für ihn, wenn man's bedachte: eine zufällige Gefährtin im Strudel von Tschinggis-Chans Feldzug gen Westen. Im Grund aber war sie die einzige getreue Stütze der Verliebten in der für sie schicksalhaften Zeit. Der Sotnik begriff – nur auf sie, auf die Dienerin Altun, konnte er sich verlassen und auf niemand sonst in der ganzen weiten Welt, auf niemand! Unter den Zehntausenden Bewaffneten, die an diesem großen Feldzug teilnahmen und sich mit grimmigen Schreien in die Schlachten stürzten, konnte allein sie, die alte Troßdienerin, sich an seine Seite stellen. Sie allein, sonst niemand. So kam es dann auch.

Während der Sotnik zu später Stunde auf seinem über den Augen bestirnten Pferd Akshuldus davonritt, wobei er die in Feldlagern und auf Rastplätzen schlafenden Truppenteile in weitem Bogen umging, dachte er daran, was ihnen bevorstand, und erflehte von Gott Hilfe für das neugeborene schutzlose Wesen, ist doch jedes Neugeborene eine Kunde von Gottes Willen, demzufolge irgendwann einmal irgend jemand vor die Menschen treten wird, als sei es Gott selbst in Menschengestalt, auf daß alle sehen, wie der Mensch sein muß. Gott aber – das ist der Himmel, unerreichbar und unermeßlich. Und der Himmel weiß, wem er welches Schicksal bestimmt – wer geboren werden, wer leben soll.

Der Sotnik Erdene versuchte, vom Sattel aus das ganze Sternenzelt zu übersehen, versuchte, sich vorzustellen, wie man mit dem Himmel verkehren könnte, und sei's nur in Gedanken, versuchte, im Herzen die Antwort des Schicksals zu vernehmen. Doch der Himmel schwieg. Einsam thronte der Mond am Zenit, unsichtbar ergoß sich sein fliederfarbener Lichtschein über die Sary-Ösek-Steppe, die vom Schlaf und vom Geheimnis der Nacht umfangen war …

Am Morgen aber erdröhnten wieder, rasselten dumpf die Trommeln, befahlen den Menschen, aufzustehen, sich zu bewaffnen, die Pferde zu besteigen, das Gepäck auf die Wagen zu werfen, und wieder setzte sich Tschinggis-Chans Armada, beseelt und vorwärts getrieben von der unbändigen Macht des Chagan, in Bewegung, zog sie weiter nach Westen.

Es war der siebzehnte Tag des Feldzugs. Hinter ihnen lag der größte, der am schwersten zu bewältigende Teil der Sary-Ösek, in ein, zwei Tagen mußten sie die Flußniederungen des Jaik erreichen, dann führte sie der Weg zur großen Edil, deren Wasser die Erdenwelt in zwei Hälften teilte – in West und Ost.

Alles ging seinen Gang. Voran ritten auf tänzelnden Rappen die Fahnenträger mit den wehenden Bannern, auf denen feuerspeiende Drachen abgebildet waren. Zu beiden Seiten des Heeres und mit einigem Abstand dahinter folgten die Gardisten – die Kesegul und das Gefolge des Herrschers. Unterm Sattel beim Chagan ging wie immer in gemessener Gangart sein geliebter verschiedenfarbiger Paßgänger Chuba, mit weißer Mähne und schwarzem Schweif; über ihm aber, am Himmel – als heimliche Quelle seiner Freude und seines ohnehin nur mühsam gebändigten Stolzes – schwebte wie immer seine ständige Gefährtin, die weiße Wolke. Wo er hinging, da war auch sie. Und über die Erde zog, so weit das Auge reichte, eine riesige Menschenmenge nach Westen – die Kolonnen, die Troßwagenzüge, die Armeen des Tschinggis-Chan. Ein Tosen erfüllte die Luft, das an das Tosen eines fern tobenden Meeres erinnerte. Und diese ganze Vielfalt, die ganze sich bewegende Lawine von Menschen, Pferden, Troßwagen, Waffen, Gerät, Vieh war eine Verkörperung seiner Macht und Kraft, alles ging von ihm aus, der Ursprung von alldem waren seine Pläne, und so dachte er zu dieser Stunde im Sattel, woran selten ein Sterblicher zu denken wagt: an die ersehnte Weltherrschaft, an eine einzige Großmacht auf Erden unter einer Hand, errichtet für alle Ewigkeit und noch über seinen Tod hinaus von ihm regiert – durch Befehle, die er beizeiten in Stein würde hauen lassen. Solange es auf Erden diese Felsen mit Inschriften geben wird, die anweisen, wie die Welt zu regieren ist, so lange wird sein Wille fortdauern. Solche Gedanken beschäftigten den Chagan an jenem Tag auf dem Weg, und die fesselnde Idee der in Stein gehauenen Inschriften als ein Mittel, unsterblich zu werden, ließ ihm keine Ruhe mehr. Er kam zu dem Schluß, daß sich zu Beginn des Winters, wenn sie die Edil erreicht hätten, Zeit dafür finden würde. Während sie am Ufer dieses großen Flusses darauf warteten, ihn überqueren zu können, wollte er einen Rat von Gelehrten, Weisen und Wahrsagern einberufen, um ihnen seine hehren Gedanken über das ewige Reich darzulegen, wollte er jene Befehle formulieren, die in Felsen zu hauen wären. Diese Worte würden die Welt von Grund auf verändern, die ganze Welt würde ihm zu Füßen fallen. Dazu hatte er den Feldzug begonnen, und alles auf Erden mußte diesem Ziel dienen, alles hingegen, was dem entgegenstand, was nicht der Strategie des Feldzuges entsprach, mußte aus dem Weg geräumt und vernichtet werden. Und so entstanden erneut Verse:

Zur diamantenen Gipfelzier meines Reiches
bestimm ich den leuchtenden Mond am Himmel ... ja!
Und keine Ameise auf dem Weg
entkommt den eisernen Hufen meiner Armee ... ja!
Wenn erst die dankbaren Nachkommen die Satteltasche
der Geschichte
von der schweißigen Kruppe meines Pferdes nehmen,
begreifen sie den Preis der Macht ... ja!

Ausgerechnet an diesem Tag wurde Tschinggis-Chan nachmittags gemeldet, eine Frau aus dem Troß habe entgegen dem strengen Befehl des Herrschers auf dem Feldzug ein Kind geboren – unbekannt, von wem. Gemeldet wurde ihm der Vorfall von dem Cheptegul Arassan. Der rotwangige Cheptegul mit den lebhaft huschenden Augen, der immer alles wußte und unermüdlich war, brachte auch diesmal als erster die unangenehme Nachricht. »Es ist meine Pflicht, dir, Erhabener, dies alles so zu melden, wie es ist, denn du hast diesbezüglich eine strenge Warnung ausgesprochen!« Mit diesem Satz beendete der Cheptegul Arassan seinen Bericht – heiser und vom

Fett kurzatmig –, neben dem Chagan reitend, damit er seine Worte im Wind besser verstand.

Tschinggis-Chan schenkte dem Cheptegul nicht sogleich Aufmerksamkeit, antwortete ihm nicht sofort. Im Sattel sich wiegend, gesammelt und in Gedanken an seine ersehnten Steintafeln dem Augenblick entrückt, gab er nicht gleich dem aufkommenden Ärger nach und widersetzte sich noch lange der Erkenntnis, daß er nicht erwartet hatte, eine solche Nachricht könne ihn derart beeindrucken. Tschinggis-Chan schwieg beleidigt und trieb aus Ärger sein Pferd an, daß die Schöße seines leichten Zobelpelzes seitlich flatterten wie die Flügel eines erschreckten Vogels. Der Cheptegul Arassan aber, der neben ihm ritt, war in einer schwierigen Lage, wußte nicht, was tun, bald zog er die Zügel an, um den Chagan durch seine Anwesenheit nicht unnütz zu erzürnen, bald ritt er wieder neben ihm, Seite an Seite, um seine Worte, wenn sie gesagt würden, zu vernehmen, und er begriff nicht, war nicht imstande, den Grund für den so stummen Zorn des Herrschers zu begreifen, was hätte es ihn denn gekostet, auf diese Meldung hin ein einziges Wort zu sagen – hinrichten! –, zur selben Stunde hätten sie im Troß die Frau und ihren Bankert in einer Filzdecke erstickt, ohne auch nur einen Tropfen Blut zu vergießen, nachdem sie sich erdreistet hatte, entgegen dem allerhöchsten Befehl zu gebären. In eine Filzdecke hätten sie das unverschämte Weib gewickelt, anderen zur Lehre erwürgt, und die Sache war erledigt. Da sagte der Chagan plötzlich schroff über die Schulter, so, daß der Cheptegul sogar im Sattel hochschreckte: »Wieso hat eigentlich niemand gesehen, daß diese Troßhündin einen dicken Bauch hatte, ehe sie das Kind in die Welt setzte? Oder habt ihr es gesehen und einfach geschwiegen?«

Der Cheptegul Arassan wollte schon erklären, wie das geschehen konnte, aber seine Worte waren verworren, zumal der Chagan ihm gebieterisch den Mund verbot. »Schweig!« befahl er.

Nach einer Weile fragte der Chagan gehässig: »Wenn sie keinen Mann hat – wer ist sie dann, diese Gebärerin aus dem Troß: Köchin, Heizerin, Viehpflegerin?« Und er war höchst verwundert, als er vernahm, die Frau, die geboren hatte, sei eine Bannerstickerin, denn ihm war bislang noch nie in den Sinn gekommen, daß jemand sich damit befassen könnte, seine herrlichen Fahnen zuzuschneiden und zu besticken, so wie er auch nie daran dachte, daß jemand für ihn Stiefel nähte oder eine neue Jurte herstellte, unter deren Kuppel er dann sein Leben verbrachte. Über solche Kleinigkeiten hatte er früher nie nachgedacht. Wozu auch, existierten die Fahnen nicht auch so, umgaben ihn und seine Truppen überall wie flammende Leuchten und loderten bisweilen auf wie beizeiten entfachte Lagerfeuer, lange, ehe er selbst in Lagerquartieren, auf Feldzügen und bei Truppenbewegungen, in Schlachten und bei Festmahlen auftauchte? Die Fahnen waren überall anwesend. So auch jetzt – vorn ritten stolz die Fahnenträger und kündeten seinen Weg. Er zog nach Westen, um dort seine Banner aufzupflanzen, fremde Fahnen aber zu Boden zu schleudern, damit sie zertreten würden. So würde es auch sein … Niemand und nichts würde es wagen, sich ihm in den Weg zu stellen. Und jede, selbst die geringste Widersetzlichkeit unter denen, die mit ihm auszogen, die Welt zu unterwerfen, würde er nicht anders ahnden als durch die Todesstrafe. Strafe zur Durchsetzung von Gehorsam – das gehört unabänderlich zur Macht eines einzigen über viele. Anders kann es gar nicht sein.

Doch im Fall dieser Stickerin war nicht nur sie schuldig, sondern noch jemand, der sich zweifellos im Troß oder innerhalb der Truppen befand ... Wer war das?

Von Stund an wurde der Chagan mißmutig, das verriet sein versteinertes Gesicht, der schwere Blick der starren Luchsaugen und eine so gespannte Haltung im Sattel, als ritte er gegen den Wind; doch kaum jemand aus seinem Gefolge, der sich ihm in einer unaufschiebbaren Angelegenheit des Feldzuges näherte, konnte ahnen, daß der Grund hierfür weniger darin lag, daß der dreiste Ungehorsam irgendeiner Stickerin und ihres unbekannten Liebhabers gegenüber einem Herrscherbefehl offenkundig geworden war, als vielmehr darin, daß dieser Vorfall ihn unwillkürlich an eine andere Geschichte erinnerte – eine Begebenheit mit einem unbekannten Mann oder unbekannten Männern, mit Feinden, die eine bittere, unauslöschliche, sorgsam aus der Erinnerung verdrängte, beschämende Spur in seinem früheren Leben hinterlassen hatte.

Und erneut mußte er mit blutendem Herzen, mit brandwunder Seele an einen Vorfall aus der Jugendzeit denken, als er noch seinen ursprünglichen Namen Temüdschin trug und niemand, nicht einmal er selbst, sich auch nur im Traum vorstellen konnte, daß er einst zum Herrscher über alle vier Himmelsrichtungen werden sollte. Damals, in jener fernen Jugend, hatte er eine Tragödie und Schande erlebt. Seine junge, von den Eltern bereits in seiner Kindheit für ihn gefreite Ehefrau Borte war noch im Honigmond bei einem Einfall der benachbarten Merkiten geraubt worden, und viele Tage verstrichen, ehe er sie in einem Gegenschlag zurückholen konnte, viele Tage und Nächte, die genau zu zählen er auch jetzt nicht die Kraft fand, da er mit seiner Armada auf dem Weg war, den Westen zu erobern, um den Thron seiner Weltherrschaft für alle Zeiten zu errichten, zu erhöhen, unantastbar zu machen, wodurch alles andere überdeckt und verurteilt würde, in Vergessenheit zu geraten.

In jener fernen Nacht aber, als die niederträchtigen Merkiten nach einem dreitägigen blutigen Handgemenge ungeordnet davonliefen, als sie ihre Pferdeherden und Nomadensiedlungen im Stich ließen, als sie vor dem schrecklichen, erbarmungslosen Ansturm flohen, nur um ihr jämmerliches Leben vor der Rache von Temüdschins Sippe zu retten, da erfüllte sich ein Racheschwur, in dem es hieß:

Mein altes, weithin sichtbares Banner
benetzte ich, ehe es in den Kampf ging, mit dem Blut des Opfers.
Meine dumpf dröhnende, mit Ochsenhaut bespannte Trommel schlug ich.
Auf meinen schwarzmähnigen Renner schwang ich mich.
Mein gestepptes Panzerhemd legte ich an.
Mein drohendes Schwert ergriff ich mit den Händen.

Auf Tod und Leben werde ich mit den Merkiten kämpfen.
Das ganze Merkitenvolk einschließlich der Kinder
werde ich vernichten,
auf daß ihr Land restlos veröde.

Als dieser Schwur in Erfüllung gegangen war – in einer Nacht, die Schreie und Klagen erfüllt hatten –, entfernte sich mit den in Panik Flüchtenden und Verfolgten ein gedeckter Wagen. »Borte! Borte! Wo bist du? Borte!« schrie und rief Temüdschin verzweifelt, stürzte hierhin und dorthin, fand sie nirgends, und erst als er endlich zusammen mit seinen Leuten auf das gedeckte Gefährt gestoßen war und sie aus der Bewegung die Wagenlenker niedergemacht hatten, meldete sich Borte auf seinen Ruf: »Hier bin ich! Ich bin Borte!« Sie sprang vom Wagen, er glitt vom Pferd, sie stürzten einander entgegen, umarmten sich im Dunkeln, und erst in diesem Augenblick, da er die junge Frau heil und unversehrt in seinen Armen hielt, durchfuhr es ihn wie ein Blitz, spürte er in all dem Durcheinander, so als träfe ihn ein unerwarteter Schlag ins Herz, einen unbekannten, fremden Geruch, wahrscheinlich von einem stark verräucherten Schnurrbart, den eine Berührung auf ihrem warmen Hals hinterlassen hatte, und da erstarrte er, biß sich die Lippen blutig. Ringsum aber tobte weiterhin der Kampf, das Gemetzel, rechneten die einen mit den anderen ab …

Von dem Augenblick an griff er nicht mehr in den Kampf ein. Er setzte die aus der Gefangenschaft befreite Frau in den Wagen, machte kehrt und versuchte dabei, sich in die Gewalt zu bekommen, um nicht sofort auszusprechen, was er argwöhnte. Und es quälte ihn dann sein ganzes Leben. Ihm war klar: Nicht aus freiem Willen war seine Frau in die Hände der Feinde geraten, und doch – um welchen Preis hatte sie es geschafft, daß ihr kein Leid widerfuhr, kein Haar gekrümmt wurde. Nach allem zu urteilen, war die Gefangenschaft für Borte kein Martyrium gewesen, man konnte nicht sagen, daß ihr Aussehen erlittene Qualen gespiegelt hätte. Nein, zu einem offenen Gespräch über diesen Vorfall kam es auch später nie.

Als die wenigen Merkiten, denen es nach dem Vergeltungsschlag gelungen war, in andere Länder oder schwer zugängliche Gegenden zu ziehen, schon nicht mehr die geringste Gefahr darstellten, als sie zu Hirten oder Dienern, zu Sklaven geworden waren, verstand niemand die unerbittliche Grausamkeit der Rache Temüdschins, der zu dieser Zeit bereits Tschinggis-Chan war. Am Ende waren alle Merkiten, denen es nicht gelungen war zu fliehen, erschlagen. Und kein einziger Merkite hätte nun noch erklären können, er habe in irgendeiner Beziehung zu seiner Borte gestanden, während sie in merkitischer Gefangenschaft gewesen war.

Später hatte Tschinggis-Chan noch drei Frauen, doch nichts vermochte die Erinnerung an jenen ersten grausamen Schicksalsschlag zu verdrängen oder auszulöschen. Damit lebte der Chagan also weiter. Mit dieser blutenden Wunde in der Seele, von der niemand wußte. Schon gar, als er nach der Geburt seines Erstlings, des ältesten Sohnes Dshutschi, im Kopf peinlich genau ausgerechnet hatte, daß dieser

Erstgeborene sowohl sein Sohn als auch nicht sein Sohn sein konnte, fand er innerlich keine Ruhe. Irgendein Unbekannter, der dreist seine Ehre angegriffen hatte, blieb unbekannt.

Obwohl nun der Unbekannte, von dem die Stickerin der Herrscherfahnen auf diesem Feldzug ein Kind geboren hatte, mit dem Chagan unmittelbar nichts zu tun hatte, kochte sein Blut: Da war wieder ein Unbekannter, und wieder nannte eine Frau seinen Namen nicht.

Mitunter fehlt nicht viel, und für einen Menschen gerät in einem Augenblick die Welt aus den Fugen, sie kippt vornüber und wird anders, als sie – zweckmäßig und völlig faßbar – soeben noch gewesen war ... Solch einen seelischen Umbruch erlebte zu dieser Stunde der große Chagan. Zwar verblieb in Wahrheit alles Sichtbare um ihn herum in seinem früheren Zustand, so wie vor dieser Nachricht. Ja, vor ihm, von seiner Erhabenheit kündend, ritten auf tänzelnden Rappen die Fahnenträger mit den wehenden Drachenbannern. Der Paßgänger Chuba ging unterm Sattel in jenem gewohnten Schritt, daß der Reiter vor Freude sich und dem Pferd Unsterblichkeit wünschte; neben und hinter ihm ritt auf ausgezeichneten Rennpferden sein Ehrengefolge, zu beiden Seiten beschirmte ihn, zu Reihen formiert, seine treue Wache – Abteilungen von Gardisten der »Halbtausender«, der Kesegul, und ringsum, so weit das Auge reichte, zogen die Tümen durch die Steppe, die schlagkräftige Macht, und Tausende Wagenzüge des Trosses, ihre Stütze. Über seinem Kopf aber, über all diesem sichtbaren Geschehen, schwebte am Himmel die treue weiße Wolke, von den ersten Tagen des Feldzugs an ein Zeugnis, daß der Allerhöchste Himmel den Chagan beschirmte.

Alles schien so zu sein wie früher, und doch hatte sich für den Chagan etwas Unsichtbares in der Welt von seinem Platz verschoben, weckte in ihm Empörung, ließ langsam ein Gewitter aufziehen. Da hatte doch jemand seinem Willen nicht gehorcht, da hatte doch jemand gewagt, die eigenen entfesselten fleischlichen Begierden über sein weltumfassendes Ziel zu stellen, da hatte doch jemand, zweifellos einer seiner Reiter, vorsätzlich seinem Befehl zuwidergehandelt, hatte eine Frau im Bett stärker begehrt, als gewissenhaft dem Chagan zu dienen, ihm strikten Gehorsam zu leisten. Und eine nichtswürdige Frau, diese Stickerin – als ob sich ohne sie sonst niemand zum Sticken finden würde! –, hatte sich entschieden, im Heer zu gebären, wo doch alle anderen Frauen im Troß ihre Leiber bis zu seiner ausdrücklichen Genehmigung vor einer Empfängnis verschlossen hatten!

Diese Gedanken wucherten in ihm wie Pestwurz, wie wilder Buschwald und verblendeten seine Augen mit Bosheit. Obwohl er begriff, daß der Vorfall an sich geringfügig war, daß man ihm keine besondere Bedeutung beimessen müsse, brachte eine andere Stimme in ihm – zunehmend machtvoll, gebieterisch, unversöhnlich – das Blut zum Kochen, forderte eine strenge Bestrafung, die Hinrichtung der Ungehorsamen vor dem ganzen Heer, betäubte und verdrängte sie immer mehr andere Gedanken.

Sogar der unermüdliche Paßgänger Chuba, von dem der Chagan an diesem Tag nicht ein einziges

Mal abstieg, spürte gleichsam eine zusätzliche Last, ein ständig anwachsendes, immer größer werdendes Gewicht des Reiters, und er bedeckte sich mit seifigem Schaum, was es bei ihm früher nie gegeben hatte.

Schweigend und furchtgebietend setzte Tschinggis-Chan seinen Weg fort. Und obwohl scheinbar nichts den Feldzug störte, nichts das Vorrücken der Armada nach Westen behinderte, nichts seine großen Vorhaben, die Welt zu unterwerfen, in Frage stellte, war etwas geschehen: Ein unsichtbarer, winziger Stein war von dem unerschütterlichen Berg seiner Befehle gerollt. Das ließ ihm keine Ruhe. Er dachte den ganzen Weg über daran, es machte ihm zu schaffen wie ein Splitter unterm Nagel, und während er sich immerfort damit beschäftigte, ärgerte er sich über seine Vertrauten. Wie konnten sie es wagen, ihm das erst jetzt zu melden, da die Frau bereits entbunden hatte, wo waren sie früher gewesen, wo hatten sie die Augen gehabt, war es denn so schwer, eine schwangere Frau viel früher zu bemerken? Dann wäre alles ganz anders, dann hätte man sie längst mit einem Fußtritt davongejagt wie eine läufige Hündin. Aber jetzt auf dem Feldzug, was war da zu tun? Vorhin, als er von dem Vorfall Meldung erhielt, hatte er den für den Troß verantwortlichen Nojon zu sich befohlen und ihn schroff gefragt, wie es denn möglich sei, daß die Schwangerschaft dieser Stickerin bis zur Geburt des Kindes unbemerkt geblieben war und erst zuverlässige Leute das Weinen des Neugeborenen in der Jurte hören mußten. Wie konnte so etwas geschehen? Darauf hatte der Nojon nicht sehr überzeugend geantwortet, die Fahnenstickerin Dogulang habe allein in einer Jurte gewohnt, immer abseits von anderen, habe mit niemandem Umgang gehabt und sich immer auf ihre Arbeit berufen, sie habe einen eigenen Wagen besessen und ihre eigene Dienerin, wenn aber Leute mit Aufträgen zu ihr gekommen seien, habe sie, von einem Haufen Stoff umgeben, dagesessen, zumeist Seide von Fahnen, die sie bestikken sollte. Die Seidenstücke hätte sie über ihre Schultern geworfen, und manche hätten gedacht, sie mache das einfach, um sich zu schmücken, denn sie putzte sich gern. So habe man schwer erkennen können, daß sie schwanger war. Der Vater des Neugeborenen war auch unbekannt. Noch hatte man die Stickerin nicht verhört. Die Dienerin aber behauptete, sie wisse nicht, wer der Vater des Kleinen sein könne. Such einer den Wind auf freiem Feld …

Tschinggis-Chan war verärgert, denn diese Angelegenheit verdiente seine hohe Aufmerksamkeit nicht. Doch da er selbst das Verbot erlassen hatte, Kinder zu gebären, und da im Heer jeder Anführer schon aus Furcht um seinen Kopf sich beeilte, den Vorfall einem Ranghöheren zu melden, war der Chagan zum Gefangenen seiner eigenen allerhöchsten Weisung geworden. Er begriff, daß er nun handeln mußte – der Chagan konnte sich nicht irren, er konnte nur strafen … Die Strafe war unabwendbar …

Es ging schon auf Mitternacht zu, als sich der Sotnik Erdene unter dem Vorwand, er müsse in dringenden Angelegenheiten zum Tausendschaftsführer, das Lager verließ, doch das war nur ein Vorwand, um in der

Nacht zusammen mit seiner Geliebten zu fliehen. Er wußte noch nicht, daß dem Chagan bereits alles bekannt war, daß die Flucht mit Dogulang und dem Kind nicht mehr möglich war.

Mit dem Ersatzpferd am Zügel, als führte er einen Jagdhund an der Leine, umging der Sotnik Erdene glücklich viele für die Nacht aufgeschlagene Lager und näherte sich dem Rastplatz des Trosses, an dessen Rand gewöhnlich Dogulangs Jurte stand, wobei er von Gott nur eines erflehte: daß er keiner Streife aus dem Kommando des Nojon begegnete. Die Nojonstreife verhält sich besonders grausam und schikanös, wenn zufällig ein Reiter Stutenmilchschnaps getrunken hat und nicht mehr nüchtern ist, die Nojonstreife kennt kein Erbarmen – sie zwingt einen, sich statt eines Pferdes vor seinen Wagen spannen zu lassen, worauf man vom Kutscher dann mit der Peitsche angetrieben wird.

Als Erdene seine Reiterhundertschaft verließ, um zu fliehen, wußte er, daß ihm, wenn er erwischt würde, die Höchststrafe drohte – entweder in einer Filzdecke erstickt oder gehängt zu werden. Retten konnte er sich nur, wenn es ihm gelang, ferne Gegenden, andere Länder zu erreichen.

Die Steppennacht war mondhell wie die vergangene. Überall waren Lager aufgeschlagen, Rastplätze für Mensch und Vieh, überall schliefen dichtgedrängt Krieger an glimmenden Lagerfeuern. Inmitten einer solchen Masse von Menschen und Fuhrwerken konnte es kaum jemand interessieren, wer wohin geht. Damit rechnete der Sotnik Erdene, und so hätte es sein können, doch das Schicksal hatte es anders bestimmt … Das war ihm sofort klar, als er sich dem Troßlager der Handwerker näherte. Er sprang aus dem Sattel und erstarrte im Schatten der Pferde, sie fest am Zügel haltend. Ein Unglück war geschehen! Bei der Jurte, die am äußersten Rand lag, ein wenig abseits vom dichtbevölkerten Rastplatz, brannte ein großes improvisiertes nächtliches Lagerfeuer und erhellte die Umgebung mit beunruhigend zuckendem Lichtschein. Wohl ein Dutzend berittene Shassaul drängte sich bei Dogulangs Jurte, unterhielt sich lauthals … Drei, die abgesessen waren, spannten den zweirädrigen Karren der Stickerin ein, es war eben das Gefährt, mit dem sie in dieser Nacht samt ihrem Neugeborenen fliehen wollten. Erdene sah, wie die Shassaul Dogulang mit dem Kleinen im Arm aus ihrer Jurte führten. Im Schein des Lagerfeuers stand Dogulang nun in ihrem Marderpelz da, das Kind an sich gedrückt, bleich, hilflos und verschreckt. Die Shassaul fragten sie nach etwas. Man hörte zornige Rufe: »Antworte! Antworte gefälligst! Dirne! Hure!« Dann ertönte ein Aufschrei der Dienerin Altun. Ja, es war ihre Stimme, zweifellos. Altun schrie: »Woher soll ich das wissen! Warum schlagt ihr mich? Woher soll ich wissen, wer der Vater ist? Was denkt ihr denn – es ist doch nicht in der Steppe passiert, nicht jetzt! Ja, sie hat ein Kind geboren, ihr seht es selber. Begreift ihr denn nicht, daß all das vor neun Monaten geschehen ist! Was weiß ich, wann und mit wem das war. Warum schlagt ihr mich? Und das wollen Männer sein! Warum bedroht ihr sie, habt sie zu Tode erschreckt – sie hat doch ein neugeborenes Kind! Hat sie euch nicht gedient, eure Kampfbanner bestickt, mit denen ihr ins Feld zieht? Warum tötet ihr sie jetzt, warum?«

Die arme Altun – ein Hälmchen unterm Huf –, was konnte sie tun, da selbst der Sotnik Erdene es nicht wagte, sich einzumischen, und was hätte er auch gegen ein Dutzend bewaffnete Shassaul vermocht? Allenfalls auf der Stelle zu sterben und einen oder zwei mitzunehmen! Was aber hätte das gebracht? Das macht die Shassaul immer stark – daß sie als Meute auftreten. Sie warten nur darauf, als ganze Meute loszustürmen, um ihre Opfer zu quälen, damit Blut fließt!

Dann sah er, wie die Shassaul Dogulang mit dem Kind in den Wagen setzten, wie sie auch die Dienerin Altun hineinwarfen und in die Nacht hinausfuhren.

Danach beruhigte sich alles, wurde es ringsum still, der Lagerplatz verwaiste. Erst jetzt wurde fernes Hundebellen vernehmbar, das Wiehern der Pferde im Troß und der Klang unverständlicher Stimmen von den Rastplätzen.

Das Lagerfeuer bei der Jurte der Stickerin Dogulang brannte nieder. Die Nacht hatte die Unrast, die Qualen und die Kämpfe der Menschen verschlungen und blickte mit leidenschaftslos strahlenden, stummen Sternen auf den verödeten Raum, als müsse alles so sein …

Als bewegte er sich im Schlaf, tastete der Sotnik mit jäh kalt gewordenen Händen nach dem Zaum am Kopf des Ersatzpferdes, zog ihn herunter und warf ihn dem Pferd, ohne die eigene Anstrengung zu spüren, vor die Füße. Dumpf klirrte das leere Gebiß.

Dem Sotnik wurde plötzlich bewußt, wie schwer er atmete, er bekam immer schwerer Luft. Doch er fand noch die Kraft, dem Pferd auf den Widerrist zu klopfen. Das Pferd war jetzt nutzlos, war frei, niemand brauchte es, und so lief es im Trab zur nächsten nächtlichen Herde. Der Sotnik Erdene aber schlenderte ziellos durch die Steppe, er wußte selbst nicht, wohin er ging, weshalb er ging. Und an der Leine folgte ihm still sein über den Augen bestirnter Akshuldus – das getreue Pferd, das den Sotnik in manche Schlacht und auch wieder aus den Schlachten getragen hatte, auf dem es ihm aber nicht gelungen war, davonzusprengen, um die geliebte Frau und das neugeborene Kind einem bösen Schicksal zu entreißen.

Der Sotnik ging auf gut Glück, wie ein Blinder; Tränen standen in seinen Augen, flossen über seinen feuchten Bart, und das Mondlicht, das sich über alles gleichmäßig ergoß, schwankte krampfhaft auf seinen gebeugten zuckenden Schultern … Er trottete dahin wie ein aus der Herde verjagtes einsames Raubtier, das in der weiten Welt sich selbst überlassen ist: Kannst du leben, dann leb, kannst du's nicht, dann stirb. Das ist die ganze Wahl … Was konnte er denn jetzt tun, wohin gehen? Nichts war ihm übriggeblieben, als an Ort und Stelle zu sterben, sich selbst mit dem Kampfmesser zu töten, sich das Messer in die Brust zu stoßen, in das unerträglich schmerzende Herz, und so diesen Schmerz, der sein Inneres verbrannte, zu stillen, zu beseitigen – oder zu verschwinden, weit wegzulaufen, ein für allemal irgendwo zu verschwinden …

Der Sotnik fiel auf die Erde und wand sich dumpf

heulend auf dem Bauch, wobei er Handflächen und Nägel an Steinen zerschrammte, doch die Erde tat sich nicht auf; da erhob er sich auf die Knie und tastete nach dem Messer unter seinem Gürtel …

In der Steppe war es ganz still, öde und sternenklar … Nur das treue Pferd Akshuldus stand geduldig neben seinem Herrn im Mondlicht, wieherte und wartete auf einen Befehl …

Ehe die Truppen ihren Marsch fortsetzten, schlugen die Trommler, die auf einem nahe gelegenen Hügel zusammengezogen worden waren, das Signal zum Sammeln. Auch nach dem ersten Trommelschlag verstummten die Dobulbas nicht, sondern erschütterten die Umgebung mit dem beunruhigend anwachsenden, aufreibenden Alarmgedröhn. Die Trommeln aus Ochsenhaut brüllten und wüteten wie Raubtiere in der Falle, riefen zum Appell angesichts der Hinrichtung einer Hure, einer Fahnenstickerin, von der kaum einer wußte, daß sie Dogulang hieß, und die im Feldzug ein Kind geboren hatte.

Unterm schamanenhaften Getöse der Trommeln stellten sich die berittenen Kohorten voll bewaffnet wie zur Parade im Halbkreis um den Hügel auf, Hundertschaft für Hundertschaft, an den Flanken aber standen die Troßwagen mit dem Gepäck und dem ganzen Werkvolk obendrauf, jegliche Art Handwerker, wie sie auf dem Feldzug benötigt werden: Jurtenbauer, Waffenschmiede, Sattler, ob Mann, ob Frau, allesamt jung, alle in der Zeit ihrer Fruchtbarkeit. Ihnen allen sollte die Schauhinrichtung als Abschreckung und Lehre dienen. Jeder, der es wagte, sich einem Befehl des Chagan zu widersetzen, würde das Leben verlieren!

Die Dobulbas aber dröhnten weiter auf dem Hügel, ließen unwillkürlich das Blut in den Adern gefrieren und die Seelen erstarren – Ausdruck auch der Hinnahme, ja sogar Billigung dessen, was nach dem Willen Tschinggis-Chans geschehen sollte.

Unterm Getöse der nicht verstummenden Dobulbas brachte man in einer goldenen Sänfte den Chagan selbst auf den Hügel, den gebietenden Gott, der eine gefährliche Ungehorsame hinrichten ließ, welche bis zuletzt den Namen dessen nicht preisgab, von dem sie ein Kind geboren hatte. Die Sänfte wurde inmitten von Fahnen niedergestellt, die auf dem rotbraunen Hügel im Wind wehten und in den ersten Sonnenstrahlen badeten, unter Verwendung von Seide und Perlen mit feuerspeienden Drachen bestickt. Der Drache im Sprung war ein Symbol für ihn, den Chagan, doch er ahnte nicht, daß die Frau, der diese Stickereien ihre Beseeltheit verdankten, nicht ihn im Sinn gehabt hatte, sondern einen andern. Den, der in ihren Armen ein Drache gewesen war, ungestüm und furchtlos. Und niemand weit und breit ahnte, daß sie nun dafür mit ihrem Kopf zahlen mußte.

Der Augenblick rückte näher. Die Trommeln wurden allmählich leiser, um vor der Hinrichtung zu verstummen und die gespannte Stille anzuheizen, wenn in schrecklicher Erwartung die Zeit sich dehnte, zerfiel und erstarb, um dann wieder ohrenbetäubend und wütend loszudröhnen, den Prozeß der Auslöschung eines Lebens mit einem wilden Wirbel zu begleiten und so das Bewußtsein der Zuschauer mit einer Ekstase blinder Rache und Schadenfreude zu betören, um einen jeden mit heimlichem Jubel im Herzen zu berauschen, daß nicht er den Tod durch Erhängen erleiden mußte, sondern ein anderer.

Die Trommeln wurden leiser und leiser. Alle Versammelten waren gespannt, sogar die Pferde unter den Reitern waren erstarrt. Steinern gespannt war auch das Antlitz Tschinggis-Chans. Seine grausam zusammengepreßten Lippen und der starre, kalte Blick seiner schmalen Schlitzaugen hatte etwas Schlangenhaftes.

Die Trommeln verstummten, als aus der nächst gelegenen Jurte die Fahnenstickerin Dogulang zur Hinrichtungsstätte geführt wurde. Bärenstarke Shassaul, die sie untergefaßt hatten, zerrten sie heraus und hoben sie auf einen mit zwei Pferden bespannten Wagen. Dogulang stand in dem Wagen, und ein neben ihr stehender finsterer junger Shassaul stützte sie von hinten.

Die Leute in den Reihen, besonders die Frauen, riefen: »Da ist sie, die Stickerin! Hure! Gelegenheitsliebchen! Dabei ist sie so jung und schön, daß sie die zweite oder dritte Frau eines Nojon hätte sein können! Und wär's ein Greis gewesen – um so besser. Dann hätte sie nichts auszustehn gehabt. Aber nein, da muß sie sich einen Liebhaber zulegen und ein Kind zur Welt bringen, die Schamlose! Das ist so, als ob sie dem Chagan ins Gesicht gespuckt hätte! Mag sie jetzt dafür zahlen. Soll man sie nur an einem Kamelrücken aufbaumeln! Das hast du nun davon, du Schöne!« Diese erbarmungslosen Schmähungen waren die Fortsetzung des wütenden Trommelwirbels, die

Ochsenhaut-Dobulbas hatten ja gerade dazu so hartnäckig und ohrenbetäubend gedröhnt, um die Leute in ihren Bann zu zwingen, ihren Haß gegen das zu wecken, worüber sich der Chagan selbst empört hatte.

»Da ist ja auch die Dienerin mit dem Kind! Seht nur!« schrien wieder hämisch die Weiber vom Troß. Es war in der Tat die Dienerin Altun. In den Armen trug sie den in Stoffetzen gewickelten Neugeborenen. Zusammengekrümmt und ängstlich um sich blickend, ging Altun in Begleitung eines riesigen Shassaul neben dem Wagen her, als wolle sie mit der Last auf ihren Armen Zeugnis ablegen vom verbrecherischen Treiben der zum Tode verurteilten Stickerin und es bestätigen.

So führte man sie vor der Hinrichtung dem Volk vor, um es abzuschrecken. Dogulang begriff, daß es jetzt keinen Ausweg mehr gab: kein Verzeihen, kein Erbarmen.

Vorhin hatte sie noch in der Jurte, aus der man sie auf diesen schmachvollen Weg geholt hatte, das Kind zum letztenmal gestillt. Ohne etwas zu ahnen, hatte der unglückliche Kleine eifrig geschmatzt, von der süßen Milch und den draußen sanft verstummenden Tönen der Trommeln noch im Halbschlaf gehalten. Die Dienerin Altun war auch zugegen. Sie weinte und hielt sich, um lautes Schluchzen zu unterdrükken, hin und wieder die Hand vor den Mund. Hier gelang es ihnen, einige Worte zu wechseln.

»Wo ist er?« flüsterte Dogulang und legte hastig das Kind an die andere Brust, obwohl ihr klar war, daß Altun nicht wissen konnte, was sie selbst nicht wußte.

»Ich weiß es nicht«, antwortete Altun unter Tränen. »Ich glaube, weit von hier.«

»Ach, wenn's doch so wäre!« flehte Dogulang.

Die Dienerin wiegte nur bitter den Kopf. Beide dachten sie das eine – wenn es doch dem Sotnik Erdene gelänge, zu entkommen, möglichst weit weg zu entfliehen, sich allen Blicken hier zu entziehen!

Hinter der Jurte erklangen Schritte, Stimmen.

»Raus mit ihnen! Schleift sie her!«

Ein letztes Mal preßte die Stickerin das Kind an sich, atmete wehmütig den süßlichen Geruch ihres Kleinen ein und übergab ihn mit zitternden Händen der Dienerin.

»Solange er lebt, gib auf ihn acht!«

»Denk nicht an so was!« Altun schluckte an ihren Tränen, konnte sich aber nicht mehr bezwingen. Laut und verzweifelt schluchzte sie los.

Da zerrten die Shassaul sie nach draußen.

Die Sonne war schon über der Steppe emporgestiegen und stand blendend überm Horizont. Ringsum hinter den Ansammlungen der Truppen und Troßwagen, die bereit waren, nach der Hinrichtung der Stickerin den Marsch fortzusetzen, dehnten sich die Randgebiete der Sary-Ösek – ebene Steppe und Hügelland. Auf einer Anhöhe glänzte die goldene Sänfte des Chagan. Als Dogulang aus der Jurte trat, streifte ihr Blick für einen Augenblick die Sänfte, in der der Chagan saß – unzugänglich wie ein Gott und umgeben von den im leichten Steppenwind flatternden, von ihrer Hand bestickten Herrscherfahnen mit den feuerspeienden Drachen.

Tschinggis-Chan, der unter einem Baldachin

thronte, konnte von dem Hügel aus alles sehen – die Gegend, die Truppen, die Leute vom Troß und am Himmel wie immer auch seine treue weiße Wolke. Die Hinrichtung der Stickerin verzögerte an jenem Morgen den Aufbruch der Truppen. Doch das eine mußte geschehen, damit das andere seinen Fortgang nahm. Die bevorstehende Hinrichtung war nicht die erste und nicht die letzte in Anwesenheit des Chagan – die verschiedensten Vergehen fanden auf ebendiese Weise ihre Strafe, und jedesmal überzeugte sich der Chagan, daß eine öffentliche Hinrichtung eine unumgängliche Staatsangelegenheit war, um eine Vielzahl einer einzigen, von der höchsten Person ausgehenden Ordnung zu unterwerfen; denn auch der Schrecken und die geheime erbärmliche Freude, daß der gewaltsame Tod einen nicht selbst trifft, sondern einen andern, zwingt die Menschen, den Vollzug der Todesstrafe als notwendige Maßnahme zu erkennen und so das Wirken der Macht bedingungslos zu billigen und zu rechtfertigen.

Auch diesmal, als man die Stickerin aus der Jurte geführt und gezwungen hatte, zur schmachvollen Fahrt auf den Wagen zu steigen, begannen die Menschen wie ein Wespenschwarm zu summen, gerieten sie in Bewegung. In Tschinggis-Chans Gesicht zuckte kein Muskel. Er saß unterm Baldachin, umgeben von den wehenden Fahnen und den an den Fahnenschäften wie Steingötzen erstarrten Gardisten, den Kesegul. Die angekündigte Hinrichtung sollte ja bewirken, daß einem jeden bewußt wurde – nichts, auch nicht das geringste Hindernis auf dem Weg des großen Feldzugs nach Westen würde geduldet. Dabei war dem

Chagan im Grunde klar, daß er diesmal der jungen Frau gegenüber eine so grausame Abrechnung hätte vermeiden können, doch er sah dafür keine Veranlassung – Großmut bringt nie etwas ein –, die Macht verliert an Wirkung, die Leute werden unverschämt. Nein, er bereute nichts – was er bei diesem Akt vermißte, war, daß er nicht herausbekommen hatte, wer der Liebhaber dieser Stickerin gewesen war.

Sie aber, zum Tod durch Hängen verurteilt, näherte sich bereits dem Wagen, fuhr die Reihen der Truppen und Troßwagen entlang, das Kleid auf der Brust zerrissen und die Haare zerzaust – die dichten schwarzen Strähnen, die in der Morgensonne wie Kohle schimmerten, verdeckten ihr blutleeres bleiches Gesicht. Doch Dogulang hatte den Kopf nicht gesenkt, sie sah sich mit leeren, traurigen Augen um – nun hatte sie nichts mehr zu verbergen. Da war sie, die einen Mann mehr geliebt hatte als ihr Leben, da war ihr Kind, das verbotenerweise aus dieser Liebe hervorgegangen war!

Doch die Leute wollten Bescheid wissen und schrien: »Du Stute, wo ist dein Hengst? Wer ist es?«

Da brüllte die Menge los, von einem uneingestandenen Schuldgefühl erregt und erbittert, schrie, um sich schneller von der schmutzigen Sünde zu befreien: »Aufhängen, die Hündin! Sofort hängen! Was wartet ihr noch?«

Die Veranstalter der Hinrichtung hatten wahrscheinlich gehofft, daß die wütende Menge den Mut der Stickerin brechen würde. Vom Chan-Kommando kam ein Reiter, ein stimmgewaltiger Nojon und wackerer Krieger, der bereit war, für den Chagan auch das zu erledigen. Er sprengte zu der traurigen Prozession, zu dem Wagen mit der zum Tod Verurteilten, an dessen Seite die Dienerin mit dem Kind ging.

»Halt!« rief er ihnen zu, und an die Reiterreihen gewandt: »Hört alle her! Dieses schamlose Geschöpf soll zeigen, von wem sie das Kind hat! Mit wem sie gehurt hat! Sag, ist unter diesen Männern der Vater deines Kindes?«

Dogulang verneinte. Beunruhigtes Gemurmel ging durch die Reihen. Die Sotniks riefen durcheinander: »Bei mir ist er nicht. Vielleicht ist der Kerl in deiner Hundertschaft?«

Inzwischen verlangte der mit der lauten Stimme wieder und wieder von der Stickerin, sie sollte auf den Vater des Neugeborenen zeigen.

Erneut blieb der Wagen vor einer Abteilung Reiter stehen, und wieder kam die Frage: »Zeig, du Hure – von wem hast du das Kind?«

An der Spitze ebendieser Abteilung befand sich der Sotnik Erdene auf seinem über den Augen bestirnten Akshuldus, in voller Rüstung und Bewaffnung. Dogulangs und Erdenes Blicke trafen sich. Im allgemeinen Lärm und Durcheinander achtete niemand darauf, wie schwer es ihnen fiel, die Augen voneinander zu wenden, wie Dogulang zitterte und die wirren Haare aus der Stirn warf, wie für einen Augenblick ihr Gesicht aufleuchtete und sofort wieder erlosch. Und nur Erdene konnte sich vorstellen, was Dogulang diese blitzartige Begegnung ihrer Blicke gekostet hatte – welche Freude und welchen Schmerz ihr dieser Augenblick bereitete. Und auf die Frage des stimmgewaltigen Nojon erklärte sie, wieder zur Besinnung gekommen und beherrscht: »Nein, hier ist der Vater meines Kindes nicht!«

Und wieder achtete niemand darauf, daß der Sotnik Erdene den Kopf sinken ließ und sich gleich darauf zwang, ein ungerührtes Aussehen anzunehmen.

Die Henker aber standen schon bereit. Drei Männer in schwarzen Wämsen und aufgekrempelten Ärmeln führten ein zweihöckriges Kamel heraus, so riesig, daß ein Reiter im Sattel mit dem Kopf nur bis zur Mitte des Kamelbauches reichte. Weil hoher Wald in der freien Steppe fehlte, verfuhren die Nomaden von jeher so, daß sie Verurteilte zwischen Kamelhöckern aufhängten – entweder paarweise an einem Strick, oder ein Sack voller Sand diente als Gegengewicht. So ein Gegengewicht – ein Sack voll Sand – war für die Stickerin Dogulang schon vorbereitet. Mit Zurufen und Stockschlägen zwangen die Henker das böse brüllende Kamel, auf die Knie zu fallen und sich auf die Erde zu legen, die langen knochigen Beine unter sich. Der Galgen war fertig.

Die Trommeln belebten sich leise rasselnd, um im erforderlichen Moment loszudröhnen und die Seelen zu betäuben und in Glut zu bringen.

Da wandte sich der stimmgewaltige Nojon ein letztes Mal, wahrscheinlich nur noch zum Spaß, an die Stickerin: »Ich frage dich zum letztenmal. Du dumme Hure bist sowieso verloren, und dein Bankert wird auch nicht überleben. Wie soll man dich verstehen – weißt du am Ende gar nicht, von wem du schwanger geworden bist? Vielleicht strengst du deinen Strohkopf mal an und erinnerst dich?«

»Ich weiß nicht mehr, von wem. Das war vor langer Zeit und fern von hier!« antwortete die Stickerin.

Über die Steppe donnerte grölendes, rohes Männerlachen und hämisches Weibergekreisch.

Der Nojon ließ von seinen Fragen nicht ab.

»Wie sollen wir das verstehen – hast du dich auf einem Basar feilgeboten, dich verkauft?«

»Ja, auf dem Basar!« fertigte Dogulang ihn herausfordernd ab. »Ich hab mich verkauft!«

»War's ein Händler oder ein Landstreicher? Oder gar ein Basardieb?«

»Ich weiß es nicht, vielleicht ein Händler, vielleicht auch ein Landstreicher oder ein Basardieb«, sagte Dogulang.

Wieder Grölen und Gekreisch.

»Wo ist da der Unterschied, ob's ein Händler, Landstreicher oder Dieb war – so und so hat sie sich auf dem Basar damit beschäftigt!«

Da ertönte unerwartet in den Reihen der Krieger eine Stimme, und alle rundum verstummten. Jemand schrie kräftig und laut: »Ich bin's! Ich bin der Vater des Kindes! Ja, ich, wenn ihr's wissen wollt!«

Alle verstummten jäh, erstarrten – wer war das? Wer hatte sich auf den Ruf des Todes gemeldet – in jener letzten Minute, die das Geheimnis der Stickerin für immer hinweggetragen hätte?

Alle waren überrascht: Seinem über den Augen bestirnten Pferd die Sporen gebend, sprengte der Sotnik Erdene aus den Reihen hervor. Dann brachte er Akshuldus zum Stehen und wiederholte mehrere Male laut, sich in den Steigbügeln nach allen Seiten an die Menge wendend: »Ja, ich bin's! Das ist mein Sohn! Der Name meines Sohnes ist Kunan! Die Mutter meines Sohnes heißt Dogulang! Und ich bin der Sotnik Erdene!«

Nach diesen Worten sprang er vor aller Augen vom Pferd und klopfte Akshuldus kräftig auf den Hals – der wich zurück, lief beiseite, der Sotnik Erdene aber warf Waffen und Rüstung ab, schleuderte sie zur Seite und lief zur Stickerin, die die Henker schon an den Armen hielten. Tiefes Schweigen herrschte rundum, und alle blickten auf den Mann, der freiwillig in den Tod ging. Als er seine Geliebte erreicht hatte, die schon zur Hinrichtung bereitstand, fiel er vor ihr auf die Knie und umarmte sie, sie aber legte ihm die Hände auf den Kopf, und so erstarrten sie, erneut vereint angesichts des Todes.

In diesem Augenblick erdröhnten die Dobulbas, ihr durchdringendes Gebläse erinnerte an eine Schar wildgewordener Stiere, forderte erneut allgemeinen Gehorsam und eine gemeinsame Ekstase von Leidenschaften. Mit einemmal kamen alle zur Besinnung, die Reihen gerieten in Bewegung, alles nahm seinen gewohnten Fortgang, Kommandorufe erklangen – alle sollten bereit sein zum Weiterziehen, zur Fortsetzung des Feldzugs. Die Trommeln verkündeten, daß sie das gleiche zu tun, daß sie wie ein Mann ihren dienstlichen Verpflichtungen nachzukommen hatten. Die Henker aber gingen unverweilt ans Werk. Ihnen zu Hilfe eilten drei Shassaul. Sie warfen den Sotnik zu Boden, banden ihm schnell die Arme auf den Rükken, machten das gleiche mit der Stickerin und schleiften beide zu dem liegenden Kamel, streiften ihnen rasch die Schlingen des gemeinsamen Stricks über, die eine dem Sotnik, die andere, jenseits der Kamelhöcker, der Stickerin, und zwangen dann in schrecklicher Hast, unter dem ständigen Trommelgedröhn, das Kamel aufzustehn. Das Tier wollte sich nicht erheben, es widersetzte sich. Empört über die dumme Ungeduld, brüllte es, biß nach ihnen und klapperte böse mit den Zähnen. Doch unter den Stockschlägen mußte es sich zu voller Größe aufrichten. Und zu beiden Seiten des zweihöckrigen Kamels hingen an einem Strick in Todeszuckungen die beiden, die einander wirklich bis zum Grab geliebt hatten.

In dem Trommelwirbel bemerkten nicht alle, wie die Sänfte des Chagan von der Anhöhe getragen wurde. Der Chagan verließ die Hinrichtungsstätte – ihm reichte es, die Strafe hatte ihr Ziel erreicht, ja, seine Erwartung war sogar übertroffen: Der Unbekannte war entdeckt worden, der die Stickerin besessen, der Bettfreuden über alles gestellt hatte. Ein Sotnik war es gewesen, einer der Sotniks, er hatte sich vor aller Augen gefunden und die verdiente Strafe davongetragen, vielleicht war dies sogar eine Rache für damals, an dem unbekannt Gebliebenen, in dessen Armen seinerzeit seine Borte gelegen hatte und von dem vielleicht sein in tiefster Seele lebenslang ungeliebter Erstgeborener stammte.

Die Trommeln aber rasselten, dröhnten wütend und quälend, begleiteten mit ihrem Tosen das sich von der Hinrichtungsstätte entfernende Kamel mit den aufgehängten Körpern der Liebenden, die sich einen zwischen die Höcker des Kamels geworfenen

Strick teilten. Der Sotnik und die Stickerin baumelten leblos zu beiden Seiten des Lasttiers – es war eine Opfergabe für das blutige Postament des künftigen Weltherrschers.

Die Dobulbas aber verstummten nicht, sie ließen das Blut stocken und erregten es, hielten alle in Benommenheit und innerer Starre, und jeder sah an dem Tag mit eigenen Augen, was ihm geschehen konnte, wenn er dem Willen des Chagan zuwiderhandelte, der unbeirrt seinem Ziel entgegenging ...

Die Henker, die Shassaul, zogen mit ihrem Kamel, diesem beweglichen Galgen, an den Truppen und Troßwagen vorüber, und ehe die Körper der Getöteten nicht in einer vorher ausgehobenen Grube verscharrt waren, verstummte das Gedröhn nicht, trommelten die Männer im Schweiße ihres Angesichts.

Die Truppen hatten sich inzwischen in Bewegung gesetzt, und Tschinggis-Chans Steppen-Armada zog weiter nach Westen. Die riesigen Reiterverbände, die Troßkolonnen, die Schlachtviehherden, die Pferde, die zur Remonte und als Verpflegung mitgetrieben wurden, die Waffenwerkstätten und übrigen Hilfsdienste auf Rädern, ausnahmslos alle Teilnehmer des Feldzugs, brachen hastig auf, verließen diesen verfluchten Ort in der Sary-Ösek, alle entfernten sich unverweilt, und auf dem verlassenen Platz blieb nur eine ruhelose Seele zurück, die nicht wußte, wohin, und die es nicht wagte, sich in Erinnerung zu bringen – die Dienerin Altun mit dem Kind im Arm. Sie war von allen plötzlich vergessen, sie wurde gemieden, als schämte sich jeder, daß sie noch existierte, alle taten, als sähen sie sie nicht, alle liefen vor ihr davon wie vor einer Feuersbrunst, keiner wollte mit ihr zu tun haben.

Bald war alles still ringsum – es gab keine Dobulbas mehr, keine Rufe, keine Fahnen ... Nur die Hufspuren zahlloser Reiter, ein mit Mist bedeckter Weg, eine sich in der Steppe verlierende Spur wiesen in die Richtung des Feldzugs ...

Von allen verlassen, zog in völliger Einsamkeit die Dienerin Altun durch die Steppe; an den Feuerstellen vom Vortag sammelte sie die Reste von angebrannter und weggeworfener Nahrung, steckte sich vorsorglich halb abgenagte Knochen in die Tasche, entdeckte auch ein von jemandem zurückgelassenes Schaffell, warf es sich um die Schultern, damit sie ein Nachtlager hatte für sich und das Kind, zu dessen Mutter an Stelle der umgebrachten sie zwangsläufig geworden war ...

Altun wußte tatsächlich nicht, was sie tun, wohin sie gehen sollte, was weiter würde, wo sie Schutz suchen und wie sie den Kleinen ernähren sollte. Solange die Sonne schien, konnte sie noch auf ein Wunder hoffen – vielleicht würde ihr doch das Glück lächeln, würde sie eine Unterkunft finden, würde gar auf einsame, in der Steppe errichtete Hirtenjurten stoßen. So überlegte sie, so versuchte sie sich Mut zu machen, sie, die Sklavin, die unversehens sowohl die Freiheit gewonnen hatte als auch jene ihr vom Schicksal auferlegte Bürde, an die sie nicht einmal zu denken wagte. Denn bald würde das Neugeborene hungrig werden, bald würde es Milch verlangen und vor ihren Augen verhungern. Das fürchtete sie. Und sie war außerstande, etwas zu unternehmen.

Das einzige, aber Unwahrscheinliche, worauf Altun hoffen konnte, war, Menschen in der Steppe zu finden, sofern in diesen Wüstengebieten Menschen lebten, und dann noch eine stillende Mutter, der sie das Kind zum Nähren übergeben und sich selbst freiwillig als Sklavin anbieten konnte …

Verzweifelt irrte die Frau durch die Wüste, ging auf gut Glück bald nach Osten, bald nach Westen, dann wieder nach Osten … Das Kind im Arm, wanderte sie, ohne Rast zu machen. Es ging auf Mittag zu, als das Kind immer mehr zu zappeln, zu wimmern, zu weinen begann und an die Brust gelegt werden wollte. Die Frau wickelte den Kleinen und ging weiter, versuchte, ihn in den Schlaf zu singen. Aber bald weinte das Kind nur noch lauter, ließ sich nicht mehr beruhigen, weinte, daß es blau anlief. Da blieb Altun stehen und schrie aus Leibeskräften verzweifelt: »Helft mir! Helft mir! Was soll ich denn machen?«

In der ganzen Steppe war keine Rauchfahne zu sehen, kein Feuer. Menschenleer und lautlos dehnte sich die Steppe, nirgends konnte das Auge verharren. Endlose Steppe und klarer Himmel, nur eine kleine weiße Wolke schwebte still über ihrem Kopf …

Das Kind wand sich in Weinkrämpfen. Altun begann zu jammern und zu flehen: »Was willst du denn von mir, du Unglückswurm! Du bist doch kaum sieben Tage alt! Zu deinem eigenen Unglück bist du auf die Welt gekommen! Wie soll ich dich arme Waise denn ernähren? Siehst du nicht – weit und breit ist keine Menschenseele! Wir beide sind allein auf der ganzen Welt, nur wir zwei Jammergestalten und nur eine weiße Wolke am Himmel – nicht mal ein Vogel fliegt dort, nur diese weiße Wolke schwebt dahin ... Wohin sollen wir zwei gehen? Wie soll ich dich ernähren? Verlassen sind wir, ausgesetzt, dein Vater und deine Mutter aber wurden gehängt und verscharrt. Wohin führt der Krieg nur die Menschen, warum nur geht die eine Macht mit Fahnen und Trommeln auf die andere los, was wollen die Menschen nur, die dich Neugeborenen unglücklich gemacht haben!«

Wieder lief Altun durch die Steppe, das weinende Kind fest an sich gepreßt, lief, um nur nicht stehenzubleiben, nicht untätig zu sein, nicht lebendigen Leibes vor Kummer zu vergehen, nicht völlig zu verzweifeln. Der Kleine aber begriff nichts, er weinte krampfhaft, forderte, was ihm zustand, forderte warme Muttermilch. Verzweifelt setzte Altun sich auf einen Stein, riß wütend und unter Tränen den Kragen ihres Kleides auf und reichte ihm ihre schon nicht mehr junge Brust, die nie ein Kind gekannt hatte.

»Na los, da, überzeug dich! Hätte ich Milch, dich zu nähren, ließe ich dich denn nicht saugen, unglückliche Waise? Da, überzeug dich! Vielleicht glaubst du's dann und quälst mich nicht länger! Obwohl – was sag ich! Wem sag ich das! Was nützt dir meine leere Brust, was nützen dir meine Worte! O Himmel, was für eine Strafe hast du mir gesandt!«

Das Kind war mit einemmal verstummt, hatte sich der Brust bemächtigt und drängte sich an sie, von der es Glückseligkeit erwartete, es begann zu schmatzen und mit den Kiefern zu arbeiten, öffnete und schloß dabei die wieder froh aufleuchtenden Augen.

»Na, siehst du?« warf die Frau gutmütig und müde dem Säugling vor. »Jetzt hast du dich überzeugt! Überzeugt, daß du vergebens saugst! Gleich wirst du noch viel lauter schrein, was mach ich dann mit dir in dieser verfluchten Steppe! Du wirst sagen: Das ist Betrug. Aber würde ich dich denn betrügen? Mein Leben lang bin ich Sklavin, aber betrogen habe ich noch nie jemanden, schon als Kind hörte ich von meiner Mutter, bei uns in China, in unserem Geschlecht habe nie jemand einen andern betrogen. Ja, ja, freu dich noch ein bißchen, gleich wirst du die bittere Wahrheit erfahren ...«

So sprach die Dienerin Altun und machte sich auf ein unvermeidliches Geschick gefaßt, doch seltsamerweise schien der Säugling die leere Brust nicht abzulehnen, sondern sein winziges Gesichtchen erstrahlte vor Glückseligkeit.

Behutsam zog Altun dem Kleinen die Brustwarze aus dem Mund und schrie leise auf, als ein Strahl weiße Milch herausschoß. Verwundert gab sie dem Säugling wieder die Brust, nahm ihm wieder die Brustwarze weg und staunte noch mehr – sie hatte Milch. Deutlich spürte sie jetzt auch einen Zustrom frischer Kraft im ganzen Körper.

»O Gott!« rief die Dienerin Altun unwillkürlich. »Ich habe Milch! Richtige Milch! Hörst du, mein Kleiner, ich werde deine Mutter sein! Jetzt gehst du nicht zugrunde. Der Himmel hat uns erhört, du bist mein unter Leiden gewonnenes Kind! Dein Name ist Kunan, so haben dich deine Eltern genannt, dein

Vater und deine Mutter, die einander geliebt haben, um dich auf die Welt zu bringen und selbst dadurch zugrunde zu gehen! Danke dem, mein Kind, der für uns dieses Wunder vollbracht hat – meine Milch für dich!«

Aufgewühlt durch das, was geschehen war, verstummte Altun, ihr wurde heiß, Schweiß trat ihr auf die Stirn. Sie blickte sich in der endlosen Weite um und bemerkte nichts, sah nichts, keine Menschenseele, kein einziges Geschöpf, nur die Sonne schien am Himmel, und über ihrem Kopf schwebte eine einsame weiße Wolke.

Beruhigt schlummerte der Kleine ein, gesättigt und beglückt von der Milch, sein Körperchen war erschlafft, ruhte vertrauensvoll in dem angewinkelten Arm, der Atem des Kindes wurde gleichmäßig und ruhig, die Frau aber hatte alles vergessen, was sie durchgemacht hatte, verdrängte den immer noch in ihren Ohren dröhnenden, erbarmungslosen Trommelwirbel und gab sich dem ihr bislang unbekannten süßen Gefühl einer stillenden Mutter hin, entdeckte für sich eine Art glücklicher Einheit von Erde, Himmel und Milch …

Inzwischen aber nahm der Feldzug seinen Fortgang. In weiter Ferne von hier bewegte sich auf vorgegebenem Weg die große Armada des Welteroberers, zogen Truppen, Troß und Herden dahin.

Begleitet von den Gardisten und dem Gefolge, mit voranwehenden Fahnen, auf denen – aus Perlen und Seide gestickt – wilde, Feuer und Flammen speiende Drachen zu sehen waren, ritt Tschinggis-Chan auf seinem treuen und unermüdlichen Paßgänger, dessen Farbe so erstaunlich war wie das Schicksal selbst – weiß die Mähne, schwarz der Schweif.

Unter den Hufen des Paßgängers erdröhnend, flog die Erde nach hinten, die Erde blieb zurück, wurde aber nicht weniger, sondern immer mehr, erstreckte sich hinter dem ewig unerreichbaren Horizont in immer neuen Weiten. Ein Ende war nicht abzusehen. Ein Sandkörnchen, gemessen an der Größe der Erde, dürstete der Chagan danach, alles zu besitzen, was übersehbar und nicht übersehbar war, als Herrscher über die vier Himmelsrichtungen anerkannt zu werden. Deshalb zog er zu Eroberungen aus, unternahm er diesen Feldzug …

Der Chagan war finster und schweigsam – so gehörte es sich auch. Doch niemand vermutete, was sich zu dieser Stunde in seinem Innern abspielte. Niemand begriff etwas – nicht einmal, als unversehens etwas völlig Unerwartetes geschah –, als der Chagan jäh das Pferd wendete, und zwar so schroff, daß die ihm Folgenden fast mit ihm zusammengeprallt wären und ihm gerade noch seitlich ausweichen konnten. Erregt und vergeblich suchte er den Himmel ab, die zitternde Hand an den Augen – nein, die weiße Wolke war nicht einfach etwas zurückgeblieben, sie war weder vorn noch hinten zu sehen …

Unerwartet war sie verschwunden, die weiße Wolke, die ihn so treu begleitet hatte. Sie erschien weder am nächsten Tag noch am übernächsten oder am zehnten. Die Wolke hatte ihn verlassen.

Als Tschinggis-Chan die Edil erreichte, begriff er, daß der Himmel sich von ihm abgewandt hatte. Da zog er nicht weiter. Er schickte seine Söhne und Enkel aus, Europa zu erobern, selbst aber kehrte er nach Ordos zurück, um hier zu sterben und an unbekanntem Ort beerdigt zu werden.

Die Züge in dieser Gegend fuhren von West nach Ost und von Ost nach West …

Einer der Fernzüge, die Mitte Februar 1953 durch die Sary-Ösek von Ost nach West fuhren, hatte einen Sonderwagen an der Spitze. Dieser Wagen, der keine Nummer hatte und unmittelbar auf den Gepäckwagen folgte, unterschied sich rein äußerlich durch nichts Besonderes von den anderen Wagen, allenfalls dadurch, daß eine Hälfte von ihm der Postbeförderung diente, die andere Hälfte aber, vom Postteil zuverlässig getrennt, als Isolierabteil der Untersuchungsbehörde für Transport und Verhöre von Personen, die für die Durchführung eines Prozesses von besonderem Interesse waren. Eine solche Person war diesmal dank des von Tansykbajew, dem obersten Untersuchungsführer einer operativen Abteilung der Staatssicherheit Kasachstans, initiierten Verfahrens Abutalip Kuttybajew. Er war es, der in diesem Gefangenenabteil in Begleitung von Tansykbajew selbst und unter verstärkter Bewachung transportiert wurde. Man brachte ihn in andere Städte, um ihn anderen gegenüberzustellen.

Tansykbajew war unermüdlich bestrebt, sein selbstgestelltes Ziel zu erreichen – die Verhöre gingen auch während der Fahrt weiter.

Tansykbajews Aufgabe bestand darin, Schritt für Schritt ein subversives Netz aufzudecken, das von feindlichen Sonderdiensten seinerzeit aufgebaut worden war und das aus Personen bestand, die – unter rätselhaften Umständen aus deutscher Gefangenschaft geflohen – zu den jugoslawischen Partisanen gegangen waren; dort hatten sie mit ausländischen Agenturen, insbesondere den englischen und amerikanischen, direkte Kontakte aufgenommen.

Die angeworbenen und einstweilen verborgenen Feinde der Sowjetmacht mußten durch ständige Verhöre, durch den Vergleich von Aussagen, durch Fakten und Indizien entlarvt werden, die Krönung des Verfahrens aber mußte in ihrem rückhaltlosen Schuldbekenntnis und in der Reue über ihre Tat bestehen.

Der Anfang war gemacht – im Verlauf der Verhöre hatte Abutalip ein Dutzend Namen von ehemaligen Mitgefangenen genannt, von denen, wie Überprüfungen ergaben, die meisten am Leben und gesund waren, sie lebten an verschiedenen Orten. Diese Leute waren bereits verhaftet und hatten ihrerseits bei Verhören viele Namen genannt, so daß das Verzeichnis »jugoslawischer Verräter« wesentlich angewachsen war. Kurz, die Angelegenheit nahm Gestalt an, und mit dem Segen der Obrigkeit, die der Meinung war, Prophylaxe bei der Enttarnung feindlicher Elemente sei nie von Schaden, trat sie in eine durchaus ernste Phase. Gerade vor dem Hintergrund des entbrannten internationalen Konflikts, der Konfrontation mit der jugoslawischen kommunistischen Partei, des Bannfluchs, mit dem Stalin Tito belegt hatte, war dieses Verfahren sehr erfolgversprechend, verhieß eine »reiche Ernte« nicht nur Tansykbajew, dem Initiator des

Prozesses, sondern auch vielen seiner Kollegen in anderen Städten, die aus demselben Grund größtes Interesse bekundeten – sie alle wollten die Situation nutzen und sich auszeichnen. Daher das koordinierte Vorgehen. Jedenfalls wurde Tansykbajews Ankunft in Gebietsstädten wie Tschkalow, dem ehemaligen Orenburg, oder Kuibyschew und Saratow, wohin Abutalip Kuttybajew zu Gegenüberstellungen und Kreuzverhören gebracht werden sollte, ungeduldig erwartet.

Tansykbajew wollte keine Zeit verlieren, er liebte bei der Arbeit Tempo und Elan. Ihm war nicht entgangen, wie der Abtransport vom ursprünglichen Gefängnisort auf den Untersuchungsgefangenen gewirkt hatte, mit welchem Schmerz und welcher Sehnsucht in den Augen er durch das Gitter auf die zu beiden Seiten des Zuges vorüberhuschenden Stationssiedlungen blickte. Tansykbajew begriff, was in ihm vorging. In möglichst vertraulichem Ton versuchte er, Abutalip einzureden, daß er selbst, der Untersuchungsführer, ihm keinesfalls übelwolle, weil er sehr wohl glaube, daß seine, Abutalips, Schuld gar nicht so groß sei, denn natürlich sei nicht er, Abutalip Kuttybajew, der Resident, der Anführer des von Sonderdiensten angelegten Agentennetzes, das beim Eintreten besonderer Ereignisse im Lande tätig werden sollte, und wenn er den Untersuchungsorganen helfen würde, den tatsächlichen Residenten zu finden, wenn er ihn bei der Gegenüberstellung unwiderlegbar entlarven würde, dann könne er sein Los wesentlich erleichtern. Sehr wesentlich sogar. Nach fünf bis sieben Jahren werde er zu seiner Familie und den Kindern zurückkehren können. Auf jeden Fall würde ihm, wenn er bei einer objektiven Untersuchung behilflich sei, die Höchststrafe, die Erschießung, erspart bleiben, während er im umgekehrten Fall, wenn er sich sträube, die Angelegenheit zu verdunkeln suche, den Strafinstanzen gegenüber die Wahrheit und die wahre Person des Residenten verheimliche, nicht nur die eigene Situation verschlimmern, sondern auch seiner Familie noch mehr Unglück bringen würde. Dann würde er in der geschlossenen Verhandlung möglicherweise die Höchststrafe bekommen …

Ein weiterer Trumpf des Untersuchungsführers bestand darin, daß er versprach, Abutalips Aufzeichnungen der Sary-Öseker Überlieferungen, besonders die »Legende vom Mankurt« und »Die Hinrichtung in der Sary-Ösek«, nicht ins Verfahren einzubeziehen, sofern Abutalip sich nur bereit fände mitzuarbeiten; andernfalls werde er, Tansykbajew, die Texte, die Abutalip aufgeschrieben habe, dem Gericht als eine auf alt getrimmte nationalistische Propaganda vorlegen. Die »Legende vom Mankurt« sei ein schädlicher Aufruf, die unnötige und in Vergessenheit geratene Sprache der Vorfahren wieder zum Leben zu erwecken, sich der geistigen Assimilation zu widersetzen, und die »Hinrichtung in der Sary-Ösek« ein Ausdruck der Verurteilung, der Ablehnung einer starken obersten Macht, also gegen die Idee vom Vorrang der Staatsinteressen gegenüber den Interessen eines einzelnen gerichtet, ein Bekenntnis zum faulen bürgerlichen Individualismus und gegen die allgemeine Linie der Kollektivierung, gegen die Unterordnung des Kollektivs unter ein einziges Ziel, von da aber sei es auch nicht mehr weit bis zur negativen Bewertung des Sozialismus. Bekanntlich werde jede, selbst eine gedankliche Verletzung der sozialistischen Prinzipien und Interessen streng bestraft … Bekäme nicht deshalb jemand, der ohne Genehmigung eine sozialistische Ähre vom Feld aufgelesen hat, fünf Jahre Lager? Was erwarte dann erst jemand, der ideologische »Ähren« sammelt? All dies könne das Gericht veranlassen, für das Urteil noch einen zusätzlichen Paragraphen hinzuzuziehen.

Um noch mehr Eindruck zu erwecken, las Tansykbajew hin und wieder laut seine exakten Schlußfolgerungen hinsichtlich der Sary-Öseker Texte vor, die, wie er jedesmal betonte, nicht zufällig das erste Signal für die Verhaftung und die Einleitung eines Verfahrens gewesen seien …

Der Zug fuhr bereits den zweiten Tag. Und je mehr sie sich der Sary-Ösek näherten, desto unruhiger wurde Abutalip, desto mehr quälte er sich, wenn er durch das vergitterte Fenster auf die heranflutenden Weiten der Sary-Ösek blickte. In den von Verhören freien Stunden, nach bedrückenden Ermahnungen und wilden Drohungen konnte Abutalip für sich bleiben, eingeschlossen in seinem mit dickem Blech ausgeschlagenen Gefängnisabteil. Hier befand er sich genauso in einem Gefängnis wie in dem Kellergeschoß von Alma-Ata, hier war das Fenster nicht weniger stark vergittert als dort, auch hier blickte das grausame Auge eines Aufsehers durch den Spion, aber all das war in Bewegung, die Orte wechselten, erlöst war er von dem Tag und Nacht auf ihn gerichteten blendenden Licht der elektrischen Birne an der

Decke, vor allem aber glomm in seinem Herzen, bald stärker, bald matter, die nie erlöschende schmerzliche Hoffnung, wenigstens flüchtig die Kinder und die Frau auf der Zwischenstation Schneesturm-Boranly zu erblicken. Schließlich hatte er die ganze Zeit keinen Brief, keine Nachricht absenden können und auch von ihnen keine einzige Zeile erhalten.

Diese Hoffnungen und diese Unruhe erfüllten Abutalips Seele von dem Tag an, da man ihn im geschlossenen Gefangenenwagen auf einen Bahnhof am Rande von Alma-Ata gebracht und sofort in einen Sonderwagen, in ein bewachtes Abteil verfrachtet hatte. Sowie er dann während der Fahrt begriff, daß der Zug in Richtung Sary-Ösek fuhr, stöhnte er mit neuer Kraft auf, ergriff ihn die Sehnsucht nach zu Hause – wenigstens aus einem Augenwinkel, wenigstens für einen Moment wollte er seine Kinder und Saripa sehen, dann komme, was wolle, nur sehen wollte er sie, einen flüchtigen Blick auf sie werfen ...

So sehr setzte ihm die Sehnsucht zu, daß er an nichts anderes mehr denken konnte, jetzt flehte er nur zu Gott, sie mögen, Gott bewahre, nicht nachts, nicht im Dunkeln, sondern am Tag durch Schneesturm-Boranly fahren, sonst würde sein Kummer grenzenlos sein, und der Zug solle die Zwischenstation unbedingt zu einer Zeit passieren, wenn Saripa und die Kinder draußen zu sehen wären und sich nicht in der Baracke aufhielten.

Weiter erflehte er vom Schicksal nichts. Es war wenig und viel zugleich. Doch wenn man's recht bedachte – was kostete es schon den Zufall tatsächlich, es eben so einzurichten und nicht anders –, warum sollten Saripa und die Kinder zu dieser Stunde nicht draußen sein, die Kleinen könnten doch spielen und Saripa gerade Wäsche auf die Leine hängen und dabei einen Blick auf den vorüberfahrenden Zug werfen, wie ja auch die Kinder plötzlich an Ort und Stelle erstarren und auf die vorüberhuschenden Wagenfenster sehen könnten. Möglich war auch – es kam selten vor, aber manchmal doch –, daß der Zug unversehens ein paar Minuten auf der Ausweichstelle hielt. Bei solchen Gedanken wurde Abutalip schwer ums Herz, und er wünschte, daß es so kommen möge, daß ihm ein solches Glück zuteil würde, aber nein, lieber nicht – er würde eine solch schreckliche Prüfung nicht ertragen, würde sterben, und erst recht täten ihm die Kinder leid, was würde in ihnen vorgehen, wenn sie den Vater hinter einem vergitterten Fenster sähen, wie verzweifelt würden sie losweinen … Nein, nein, lieber wollte er kein Wiedersehn …

Um sich selbst zu stärken und zugleich das Schicksal zu überzeugen, es sich geneigt zu machen, damit seine Wünsche in Erfüllung gingen, versuchte er immer wieder, verschiedene Varianten der Fahrt zu berechnen, indem er sich nach vorüberhuschenden Bahnstationen und an deren Merkmalen orientierte – wichtig war, herauszubekommen, zu welcher Tageszeit sie die Ausweichstelle Schneesturm-Boranly in der Sary-Ösek passieren würden. Doch Zweifel und Besorgnis verließen ihn auch dann nicht, wenn die Berechnungen eine günstige Zeit verhießen, besonders aber nicht, wenn sich eine zweifelhafte Perspektive bot – der Zug konnte aufgehalten werden, aus dem Fahrplan geraten, sich verspäten, das kam im Winter bei großen Schneefällen nicht selten vor. Am schlimmsten wäre aber, wenn der Zug die Zwischenstation nachts passieren würde, wenn Saripa und die Kleinen schliefen, ohne zu ahnen, daß der Vater ein paar Dutzend Meter vom Haus entfernt vorüberfuhr. Das war nicht auszuschließen, und Abutalip Kuttybajew litt um so mehr, als er seine völlige Hilflosigkeit und völlige Abhängigkeit vom Zufall erkannte.

Noch etwas befürchtete Abutalip insgeheim, und er flehte zu Gott, er möge ihn wenigstens diesmal vor diesem Fluch bewahren – er bangte, der geieräugige Untersuchungsführer Tansykbajew könne ihn ausgerechnet dann zum fälligen Verhör holen, wenn sie durch die Ausweichstelle Boranly fuhren. Wie viele böse Hindernisse und Gefahren standen doch dem reinen Wunsch des Mannes entgegen, sei's auch nur flüchtig, einen Blick auf die ihm nahestehenden Menschen zu werfen! Der Freiheit beraubt, mußte er zusätzlich diese Qual erleiden. Dennoch gab es einen glücklichen Umstand, der ihn hoffen ließ – das Wagenfenster befand sich rechts in Fahrtrichtung, auf der Seite, auf der die Baracken in der Ausweichstelle Schneesturm-Boranly lagen.

Alle diese Gedanken, Ängste und Zweifel zogen Abutalip in einen Strudel von Emotionen, ließen ihn sein eigenes Los vergessen, er dachte bereits nicht mehr an sich, sondern lebte voll und ganz in der gespannten Erwartung, war in sich gegangen, hatte sich verschlossen, wollte nicht überlegen, was eigentlich vor sich ging, gab sich keine Rechenschaft darüber, was ihm die gegen ihn erhobenen unwahrscheinlichen Beschuldigungen und Unterstellungen verhießen, zu denen sich unbedingt zu bekennen der Untersuchungsführer Tansykbajew beharrlich verlangte – Tansykbajew, der fanatisch und zynisch nur ein Ziel verfolgte: das von ihm selbst erfundene, angeblich noch in der Kriegszeit für eine künftige Situation angelegte feindliche Agentennetz zu enttarnen, um es zu liquidieren und die Sicherheit des Staates zu schützen.

Weder Gott noch Satan untertan, hatte Tansykbajew alles wie ein Gott oder Satan berechnet und vorherbestimmt, nun blieb nur übrig zu handeln. Daher dieser Transport, daher beförderte er Abutalip Kuttybajew im Gefangenenabteil zu Gegenüberstellungen. Es ging darum, den Punkt aufs i zu setzen.

Abutalip erflehte indessen von Gott nur das eine – daß ihn nichts hindern möge, aus dem Wagenfenster wenigstens einen flüchtigen Blick auf seine Jungen zu werfen, auf Ermek und Daul, und ein letztes Mal seine Saripa zu sehen, ein allerletztes Mal. Mehr erbat er vom Leben nicht, insgeheim begriff er voll Bitternis, daß ihm dieses Schicksal vorherbestimmt war: daß dies sein letzter glücklicher Augenblick wäre, daß er nie wieder zu seiner Familie zurückkehren würde, weil die Beschuldigungen Tansykbajews, vor dem – und vor dessen allmächtiger Obrigkeit – er absolut hilflos und rechtlos war, nur den Tod bedeuten konnten, so und so würde er im Lager früher oder später zugrunde gehen. Immer wieder kam Abutalip zu dem unvermeidlichen Schluß, daß er in den Händen Tansykbajews rettungslos verloren war. Der wiederum war ein Schräubchen in dem absurden, sich in seiner Erbarmungslosigkeit selbst ständig steigernden Strafsystem, einbezogen in den nicht enden wollenden Kampf mit Feinden, die darauf aus waren, die Weltbewegung des Sozialismus aufzuhalten und den Triumph des Kommunismus auf Erden zu verhindern.

Diese magische Formulierung, einmal als Beschuldigung gegen irgend jemanden erhoben, konnte nicht mehr zurückgenommen werden. Sie konnte nur durch ihre vollständige innere Realisierung ausgeschöpft werden, durch die eine oder andere Strafe – durch Erschießung oder durch fünfundzwanzig, fünfzehn oder zehn Jahre Freiheitsentzug. Ein anderer Ausgang war nicht vorgesehen, und einen anderen erwartete in derlei Fällen auch niemand. Opfer und Rächer begriffen gleichermaßen, daß diese magische Formel, einmal in Kraft gesetzt, den Rächer nicht nur bevollmächtigte, sondern sogar verpflichtete, jeden Feind mit beliebigen Mitteln zu vernichten, während sie vom Opfer des blutrünstigen, Andersdenkende verschlingenden Molochs verlangte, seinen Untergang als zweckdienlich und notwendig hinzunehmen.

So geschah es denn auch. Der Zug rollte durch die Steppe, die Räder drehten sich, Tansykbajew und sein Untersuchungsgefangener aber fuhren in einem Wagen, um gemeinsam, jeder auf seine Weise, etwas zu tun, was für das Wohl der Werktätigen unentbehrlich war, nämlich die fällige Entlarvung von versteckten ideologischen Feinden zu vollziehen, ohne die der Sozialismus undenkbar wäre, sich selbst aufgelöst hätte, aus dem Bewußtsein der Massen verschwunden wäre. Deshalb mußte man ständig mit jemandem kämpfen, jemand entlarven, etwas liquidieren.

Der Zug rollte. Und weil Abutalip am Lauf des Schicksals nicht das geringste ändern konnte, fand er sich mit seinem bitteren Los ab wie mit einem unabwendbaren Übel. Jetzt nahm er das Geschehen so ergeben und hoffnungslos hin, wie er sich ihm zuerst schmerzlich und verzweifelt widersetzt hatte. Immer mehr überzeugte er sich jetzt, daß es ihm selbst dann, wenn es ihm gegeben wäre, noch einmal auf die Welt zu kommen, nicht gelingen würde, dem Zusammenstoß mit der gesichtslosen, unmenschlichen Macht, die hinter Tansykbajew stand, zu entgehen. Diese Macht war schrecklicher als der Krieg, schrecklicher als die Gefangenschaft, denn sie war ein zeitloses Übel, existierte möglicherweise schon seit der Erschaffung der Welt. Vielleicht war Abutalip Kuttybajew, der bescheidene Schullehrer, einer von jenen aus dem Menschengeschlecht, die dafür zu büßen hatten, daß der Teufel in der Grenzenlosigkeit des Alls so lange untätig schmoren mußte, ehe auf Erden der Mensch erschien, der als einziger von allen Geschöpfen sofort einen Pakt mit dem Teufel schloß und den Triumph des Bösen von Tag zu Tag, von Jahrhundert zu Jahrhundert kultivierte. Ja, nur der Mensch erwies sich als ein so beflissener Verfechter des Bösen. In dieser Hinsicht war Tansykbajew für Abutalip ein Urtyp des Teuflischen. Deshalb fuhren sie in einem Zug in einem Sonderwagen, in einer äußerst wichtigen Angelegenheit.

Wenn Tansykbajew auf manchen Bahnhöfen von

Berufskollegen der dortigen Dienstebene abgelenkt wurde, die ihm – mal aus Freundschaft, mal auf Anweisung – Reiseproviant und Getränke brachten, freute sich Abutalip sogar, um so weniger Zeit blieb Tansykbajew, ihn mit Verhören zu quälen. Mochte er sich's nur unterwegs wohl sein lassen. Besonders liebenswürdig war die Begrüßung durch Kollegen auf dem Bahnhof Ksyl-Orda – Tansykbajews Freunde brachten ihm eine mit einem weißen Handtuch zugedeckte dampfende Schüssel in den Wagen. Im Flur hinter der Tür liefen Wachmänner hin und her, die Tansykbajew bewirtete. »Kasy, Kabyrga! Pferdewurst, Pferderippchen!« flüsterte einer vergnügt. »Wie das duftet! In der Stadt kriegt man so was nicht! Steppenfleisch!«

Schräg durch das vergitterte Fenster konnte Abutalip sogar beobachten, wie Tansykbajew mit übergeworfenem Militärmantel herauskam, um sich auf dem Bahnsteig zu verabschieden. Alle standen sie im Kreis, untersetzt, einer so straff und so gut genährt wie der andere, alle mit Lammfellkragen und Karakulmützen, alle mit rotbäckigen, strahlenden Gesichtern, frohgelaunt, lebhaft gestikulierend; einmütig lachten sie los – vielleicht über einen neuen Witz –, heißer Dampf stieg in der Frostluft aus ihren Mündern, auf dem dünnen Schnee knirschten die Absätze. Die wachsame Miliz hatte niemanden hierhergelassen – Tansykbajews Leute standen beim Sonderwagen an der Spitze des Zuges für sich, zufrieden, selbstsicher, glücklich, und niemand von ihnen interessierte sich dafür, daß zu ebendieser Stunde im Gefangenenabteil ein anderer unter den Folgen ihrer Tätigkeit litt –

kein Dieb, kein Gewalttäter, kein Mörder, sondern ein ehrlicher, rechtschaffener Mann, der Krieg und Gefangenschaft mitgemacht hatte, sich zu keinem anderen Glauben bekannte als der Liebe zu seinen Kindern und seiner Frau und darin den höchsten Sinn des Lebens sah. Doch gerade solch einen Menschen, der keiner Partei der Welt angehörte, weder etwas geschworen noch etwas bereut hatte, brauchten sie in ihren Folterkammern, damit das werktätige Volk glücklich leben konnte ...

Nach Ksyl-Orda kamen bekannte, vertraute Stätten. Der Abend nahte. Sich träge durch die verschneiten Flußniederungen windend, blitzte in einer langen Krümmung der Syr-Darja auf, und als schon die Sonne unterging, zeigte sich der Aralsee inmitten der Steppe. Erst kündigte eine verschilfte Bucht das Meer an, dann ein ferner Rand klaren Wassers, dann eine Insel, und plötzlich rollten fast bis an die Eisenbahn auf nassem Sand sich verlaufende Brandungswellen. Erstaunlich war es, all das in einem Augenblick wahrzunehmen – den Schnee, den Sand, die Ufersteine, das vom Wind bewegte blaue Meer, eine Herde rotbrauner Kamele auf der steinigen Halbinsel, und all das am Ende eines stürmischen Tages unter einem hohen Himmel, über den vereinzelt weiße Wolkenfetzen zogen.

Abutalip erinnerte sich, daß Schneesturm-Edige aus der Gegend vom Aralsee stammte, daß Kasangap so gern Dörrfisch aß, den ihm Güterzugbegleiter von Fischern am Aralsee überbrachten, und sein Herz begann wieder zu schmerzen, es war ja nicht mehr weit bis zur Ausweichstelle Schneesturm-Boranly, eine

Nacht hatten sie noch zu fahren, ehe der Fernzug mit dem Sonderwagen an der Spitze am Morgen gegen zehn oder etwas später an den windschiefen Häuschen von Boranly vorüberdröhnen würde, vorbei an den Schuppen und den eingezäunten Kamelpferchen, ehe er über die auf der Zwischenstation in eine Weiche mündenden Ersatzgleise poltern und, wie er herangefegt war, dem Blick wieder entschwinden würde. So viele Züge fahren da durch, von Ost nach West und von West nach Ost, würde Saripa wohl ahnen, würde ihr Herz sagen, daß Abutalip an dem Morgen im Gefängnisabteil eines Sonderwagens nach Westen vorüberfährt? Würden die Kinderseelen etwas Unerklärliches und Erregendes spüren, das sie ausgerechnet in jenem Augenblick veranlaßte, auf den vorüberfahrenden Zug zu blicken? O Schöpfer, warum muß das Leben der Menschen so schwer und bitter sein?

Die Februarsonne ging bereits unter, in der Ferne erlosch der in kaltem Rot schimmernde Purpurstreifen zwischen Himmel und Erde, schon wurde es dunkel, und allmählich senkte sich die Winternacht. Undeutlicher wurden die vorbeihuschenden Erscheinungen, Bahnhofslichter flammten auf ... Und den Windungen der Gleise folgend, bahnte sich der Zug seinen Weg tief in die Steppennacht.

Abutalip Kuttybajew fand keinen Schlaf, er quälte sich. Eingeschlossen in das mit Blech ausgeschlagene Abteil, fand er keine Ruhe, er lief seufzend von einer Ecke in die andere und bat schließlich ohne Grund, auf die Toilette gehn zu dürfen, womit er sich den Zorn des Aufsehers zuzog. Der hatte schon mehrmals die Abteiltür geöffnet und ihn zurechtgewiesen: »Gefangener, was solln die Faxen? Das gehört sich nicht! Sitz still!«

Doch er war außerstande, sich zu beruhigen, und so flehte er den Wachposten an: »Hör mal, Wachhabender, gib mir was zum Einschlafen, sonst sterbe ich. Ehrenwort! Was habt ihr von mir, wenn ich tot bin. Sag's dem Aufseher: ›Ich nütze euch nichts als Toter!‹ Wirklich – ich kann nicht einschlafen!«

Sonderbarerweise – den Grund für dieses Entgegenkommen begriff Abutalip am nächsten Morgen – brachte der Aufseher aus Tansykbajews Abteil zwei Schlaftabletten, und erst als Abutalip die eingenommen hatte, schlummerte er gegen Mitternacht ein, aber richtig schlafen konnte er trotzdem nicht. Im Halbschlaf, beim Stampfen der Räder und beim Heulen des tosenden Windes draußen, schien ihm, er laufe vor der Lokomotive her, laufe mit äußerster Anstrengung, röchelnd und in panischer Angst, unter die Räder zu geraten, der Zug aber raste mit voller Kraft hinter ihm her. So lief er in dieser, der wahnsinnigen Nacht vor der Lokomotive über die Schwellen, und ihm war, als sei das Wirklichkeit, so schrecklich und so glaubhaft war alles. Er wollte trinken, seine Kehle trocknete aus. Doch die Lokomotive verfolgte ihn mit brennenden Scheinwerfern und erhellte den Weg vor ihm. Er lief zwischen den Schienen, blickte angestrengt in die vom Schneesturm verdüsterte Umgebung und rief, schrie jämmerlich: »Saripa, Daul, Ermek – wo seid ihr? Kommt zu mir! Ich bin's, euer Vater! Wo seid ihr? Gebt Antwort!«

Niemand antwortete. Vor ihm wogte dichter Nebel, von hinten suchte die polternde Lokomotive ihn einzuholen, drauf und dran, ihn zu zermalmen, zu zerquetschen, er aber fand nicht die Kraft, von ihr loszukommen, sich irgendwo vor der ihm immer näher auf die Fersen rückenden Lokomotive zu verstecken …

Frühmorgens saß Abutalip bleich und verschwollen, die Wattejacke über den Schultern, bereits am vergitterten Fenster und schaute in die Steppe hinaus. Draußen war es noch kalt und dunkel, doch allmählich wurde es heller, der Morgen graute.

Der Tag versprach, trübe zu werden, vielleicht würde es schneien, obwohl die Wolken am Himmel stellenweise aufrissen …

Eigentlich begann hier schon die Sary-Ösek, zwar winterlich verschneit und mit tiefen Verwehungen, doch für ein aufmerksames Auge an den Umrissen erkennbar – an den Anhöhen, Schluchten, Siedlungen, den ersten Rauchfahnen über von früheren Fahrten her bekannten Dächern. Und diese fremden Dächer mit den winterlichen Rauchfahnen, die aus den Schornsteinen stiegen, wirkten heimatlich, vertraut. Bald mußte der Bahnhof Kumbel kommen, von dort waren es noch etwa drei Stunden bis zur Ausweichstelle Schneesturm-Boranly. Im Grunde war es nah, denn hierher, in diese Gegend, waren Edige und Kasangap gelegentlich sogar auf Kamelen geritten – zu Totengedenkfeiern und Hochzeiten … Jetzt, zu dieser frühen Morgenstunde, ritt auch einer auf einem rotbraunen Kamel, eine große Ohrenklappenmütze aus Fuchsfell auf dem Kopf; und Abutalip preßte sich ans Gitter – am Ende war das ein Bekannter … Wenn nun unversehens Edige auf seinem Karanar hier zu tun hätte! Was machte es ihm aus, hundert Kilometer auf seinem mächtigen Atan zurückzulegen, der ja läuft wie eine Giraffe in Afrika …

Ohne es selbst zu merken, überließ sich Abutalip seiner Stimmung – er machte sich fertig, als wolle er aussteigen. Ein-, zweimal zog er sogar die Stiefel aus, wickelte die Fußlappen neu, legte den Gepäcksack zurecht. Und wartete. Doch er konnte nicht still sitzen – er erreichte es, daß die Wache ihn früher in die Toilette zum Waschen ließ, doch als er zurück war, wußte er wieder nicht, was er tun sollte.

Der Zug aber fuhr durch die Sary-Ösek-Steppe … Abutalip nahm sich zusammen, saß da, die Hände zwischen den Knien, und erlaubte sich nur hin und wieder einen Blick durchs Fenster.

Auf dem Bahnhof Kumbel hielt der Zug sieben Minuten. Hier war alles schon vertraut. Sogar Züge – Güterzüge und Personenzüge, die seinem Zug auf den Gleisen des großen Bahnhofs begegneten, bevor sie nach verschiedenen Seiten weiterfuhren, kamen Abutalip heimatlich vor – waren sie doch gerade jetzt durch Schneesturm-Boranly gefahren, wo seine Kinder und die Frau lebten. Allein das genügte, um sogar unbelebte Gegenstände liebzugewinnen.

Wieder fuhr der Zug an, und während er den Bahnsteig entlangrollte, hinaus aus der Station, gelang es Abutalip, ihm bekannt erscheinende Gesichter von Ortsansässigen zu erkennen. Ja, ja, er kannte sie bestimmt, die Leute aus Kumbel, die er gesehen hatte, und auch sie kannten ganz sicher die alteingesessenen Boranlyer – Kasangap, Edige und deren Angehörige, denn Kasangaps Sohn Sabitshan hatte die hiesige Schule besucht und studierte schon im Institut …

Der Zug gewann an Fahrt, ließ die Bahnhofsgleise hinter sich, fuhr immer schneller. Abutalip dachte daran, wie sie mit den Kindern hierhergekommen waren, um Melonen zu kaufen, wie er hier die Neujahrstanne geholt und verschiedene andere Besorgungen gemacht hatte.

Das Essen, das er am Morgen erhielt, rührte er nicht an. Ständig mußte er daran denken, daß es bis zur Ausweichstelle nicht mehr weit war – gut zwei Stunden noch. Und nun befürchtete er, es könne schneien und Verwehungen geben – dann würden Saripa und die Kinder zu Hause sitzen, und dann würde er sie natürlich nicht mal von fern sehen.

O Gott, dachte Abutalip, laß es diesmal nicht schneien. Warte damit noch ein Weilchen. Du hast ja später genug Zeit dafür. Hörst du? Ich flehe dich an! Zusammengekrümmt, die aneinandergepreßten Hände zwischen den Knien, versuchte er, sich zu konzentrieren, sich in Geduld zu fassen, in sich selbst zu versenken, um ja nicht scheitern zu lassen, was er sich vorgenommen, um das zu erleben, was er vom Schicksal erbeten hatte – durchs Wagenfenster Frau und Kinder zu sehen. Ach, wenn doch auch sie ihn sehen würden! Vorhin, als er sich in der Toilette gewaschen hatte, während draußen der Aufseher Wache stand, als er sich in dem grün verfärbten Spiegel über dem rostigen Becken betrachtete, war ihm aufgefallen, daß er bleich war, gelb wie ein Toter, sogar in Gefangenschaft war er nicht so gelb gewesen, auch graue Haare hatte er bereits bekommen, sein Blick hatte sich verändert, war vor Kummer erloschen, und scharf hatten sich Falten in die Stirn geschnitten. Dabei war an Alter noch nicht zu denken ...

Wenn Saripa, wenn seine Söhne, Daul und Ermek, ihn sehen würden, dann würden sie ihn wohl kaum erkennen, würden sie wohl eher erschrecken. Schließlich aber würden sie sich doch freuen – er mußte nur in die Familie zurückkehren, bei Frau und Kindern wieder zur Ruhe kommen, dann würde er schon wieder der alte werden ...

Bei diesen Gedanken blickte Abutalip zum Fenster hinaus. Wieder zogen vertraute Orte vorüber – Anhöhen und dazwischen ein Einschnitt. Sein Traum war einst gewesen, mit den Boranlyer Kindern hierherzukommen, damit die Kinder von einem Abhang zum anderen liefen, Welle für Welle, froh kreischend ...

In diesem Augenblick klirrten in der Tür des Gefangenenabteils energisch die Schlüssel, die Tür ging auf, und auf der Schwelle standen zwei Aufseher.

»Raus zum Verhör!« befahl der Ranghöhere.

»Wieso zum Verhör?« entfuhr es Abutalip unwillkürlich.

Der Aufseher trat verdutzt auf ihn zu – war der Mann etwa krank?

»Was heißt hier wieso? Du hast wohl nicht begriffen – raus zum Verhör!«

Verzweifelt ließ Abutalip den Kopf hängen. Er wäre, ohne zu überlegen, aus dem Fenster gestürzt, hätte es wie ein Stein durchschlagen, aber das Fenster war vergittert. Er mußte sich fügen. Also sollte es nicht sein. Also konnte er nicht, ans Fenster gepreßt, auf den ersehnten Augenblick warten. Abutalip stand langsam auf wie ein Mensch unter einer schweren Last und ging, von den Aufsehern begleitet und mit einem Gefühl, als ginge er zum Galgen, ins Coupé zu Tansykbajew. Dennoch flackerte eine letzte Hoffnung auf – vor ihm lagen noch anderthalb Stunden Fahrt, vielleicht würde das Verhör bis dahin zu Ende sein. Das war der einzige Hoffnungsschimmer. Bis zu Tansykbajews Coupé waren es nur vier Schritte – es lag hinter der nächsten Tür. Lange brauchte Abutalip für die vier Schritte. Tansykbajew aber erwartete ihn schon.

»Komm rein, Kuttybajew, laß uns reden, miteinander arbeiten«, sagte er mit strenger Miene und strenger Stimme, durchbohrte ihn mit den Augen, strich sich dabei aber doch zufrieden über das frischrasierte, mit scharfem Kölnischwasser eingeriebene Gesicht. »Setz dich. Ich erlaube es dir. So ist es bequemer für dich und mich.«

Die Wachsoldaten blieben vor der geschlossenen Tür stehen, bereit, beim ersten Ruf hereinzustürzen. Das Geierauge zu töten war unmöglich. Nirgends waren Flaschen oder Gläser zu sehen, obwohl das Geierauge natürlich nichts dagegen hatte, gelegentlich ein, zwei Gläschen zu kippen. Das bewies der Geruch von Wodka und Essen im Coupé. Der Zug aber fuhr weiter, durchschnitt wie vorher die Steppe, und es blieb immer weniger Zeit bis zur Ausweichstelle Schneesturm-Boranly. Tansykbajew ließ sich Zeit, las irgendwelche Notizen, wühlte in Papieren. Da hielt es Abutalip nicht länger aus, die wenigen Minuten hatten ihn erschöpft, ausgehöhlt, so schwer hatte ihn die Vorführung zu diesem Verhör getroffen. Er sagte zu Tansykbajew: »Ich warte, Bürger Vorgesetzter.«

Verwundert hob Tansykbajew die Augen.

»Du wartest?« rief er erstaunt. »Worauf?«

»Aufs Verhör. Auf Fragen.«

»Ach so!« rief Tansykbajew gedehnt und suchte aufflackernden Triumph zu unterdrücken. »Nun, das ist gar nicht schlecht, Kuttybajew, ich muß schon sagen, gar nicht schlecht, wenn der Beschuldigte von sich, sozusagen aus freien Stücken, reuig, aufs Verhör wartet. Also hat er was zu sagen, hat er den Untersuchungsorganen etwas mitzuteilen. Nicht wahr?« Tansykbajew war klargeworden, daß er beim heutigen Verhör den drohenden Ton durch einen trügerisch freundlichen ersetzen müsse. »Du hast also eingesehen«, fuhr er fort, »worin deine Schuld besteht, und willst den Untersuchungsorganen beim Kampf mit den Feinden der Sowjetmacht helfen, obwohl du selber ein Feind warst. Die Hauptsache ist ja, daß für uns beide die Sowjetmacht über allem steht, uns – natürlich für jeden auf eigene Weise – teurer ist als Vater und Mutter …«, er verstummte zufrieden und setzte hinzu: »Ich wußte schon immer, daß du vernünftig bist, Kuttybajew. Habe immer gehofft, daß wir zwei eine gemeinsame Sprache finden werden. Was schweigst du?«

»Ich weiß nicht«, entgegnete Abutalip vage, »mir ist nicht klar, worin meine Schuld bestehen soll«, fügte er hinzu und blickte heimlich zum Fenster hinaus.

Der Zug fuhr schnell, und die Steppe eilte unter

dem trüb herabhängenden Himmel schwindelerregend vorbei wie in einem Stummfilm.

»Ich will dir mal was sagen. Reden wir offen«, schlug Tansykbajew vor. »Schließlich transportiert man dich nicht zufällig wie einen König in einem Sonderwagen. Für nichts und wieder nichts macht man das nicht. Ein Einzelabteil braucht schon seine Gründe. Also bist du eine wichtige Person in diesem Verfahren. Von dir hängt viel ab. Und von dir erwartet man etwas Besonderes. Überleg dir's. Sehr gut sogar. Jetzt aber hör, was ich dir sage. Heute spätabends kommen wir nach Orenburg, das heißt nach Tschkalow. Da werden wir erwartet. Das ist unsere erste Station. Du weißt, da leben zwei deiner Kumpel und Mittäter: Alexander Iwanowitsch Popow und der Tatare Chamid Sejfulin. Beide sind schon verhaftet. Auf Grund deiner Aussage übrigens. Und beide gestehen, daß sie mit dir in Bayern in Gefangenschaft waren und ihr zusammen geflohen seid, unter seltsamen Umständen übrigens, aus irgendeinem Grund ist es nur eurer Brigade gelungen, aus dem Steinbruch zu fliehen – das müssen wir noch klären. Später habt ihr euch den jugoslawischen Partisanen angeschlossen, und beide sagen aus, daß sie an dem Treffen mit der englischen Mission teilgenommen haben. Du weißt, was ich meine. Darüber hast du in deinen Erinnerungen geschrieben. Man muß schon sagen, die sind interessant. Wir wissen, daß Popow der Resident ist und Sejfulin sein Ersatzmann, seine rechte Hand. Du, Kuttybajew, hast in der Agentur natürlich nicht die erste Geige gespielt, also bekommst du mildernde Umstände, wenn du bei der Untersuchung hilfst.«

»Was für eine Agentur? Ich sagte doch schon, ich habe sie seit fünfundvierzig, seit Kriegsende, nicht mehr gesehen«, warf Abutalip ein.

»Das spielt keine Rolle. Überhaupt keine. Man muß sich nicht persönlich sehen, Auge in Auge. Jemand war der Verbindungsmann. Konnte nicht der Wahrheitsfanatiker Edige Shangeldin nach Orenburg und wer weiß wohin noch fahren? Es könnte ja sein, ihr hattet über irgendwen Verbindung. Überleg erst.«

»Wenn ich sage, Edige ist auf seinem Kamel Karanar nach Orenburg geritten – ist das recht?« Dieser Bemerkung konnte sich Abutalip nicht enthalten.

»Du sperrst dich schon wieder, Kuttybajew. Sehr zu Unrecht! Ich meine es gut mit dir, und du rümpfst gleich die Nase. Widerspenstigkeit schadet dir nur. Und wegen Edige brauchst du dich nicht zu sorgen. Wenn nötig, greifen wir ihn uns, sogar zusammen mit seinem Kamel. Falls du willst, daß wir ihn nicht anrühren, mach bei der Gegenüberstellung keine Sperenzchen.«

Die Lokomotive vorn gab einem Gegenzug ein langes, lautes Signal. Das gewaltige Tuten schnitt Abutalip beklemmend ins Herz. Immer näher kamen sie der Ausweichstelle Schneesturm-Boranly. Geierauges Gedankengänge entsetzten ihn immer mehr. Für eine solche Kraft war nichts im Land unmöglich. Doch am meisten bedrückte und entsetzte Abutalip zu dieser Stunde, daß Tansykbajew ungewöhnlich redselig geworden war und sich nicht so bald anschickte, das Verhör zu beenden.

»Nun denn«, unterbrach Tansykbajew das Schweigen, schob die Papiere von sich und hob das Gesicht zu Abutalip. »Ich bin sicher, wir verstehn einander, das ist dein Ausweg. Die Gegenüberstellung in Orenburg wird entscheidend sein – entweder du hilfst mir, steuerst dein Teil bei, oder ich werde alles tun, damit du es sehr bedauerst, wenn du fünfundzwanzig Jahre aufgebrummt kriegst, vielleicht sogar die Todesstrafe. Dir ist doch klar, worum es geht. Wir kommen auch noch zu Tito, dem ihr all die Jahre gedient habt. Diesen Prozeß verfolgt Jossif Wissarionowitsch höchstpersönlich. Niemand geht ohne Strafe aus, wir räumen unnachsichtig auf. Also danke dem Schicksal, mein Lieber, daß ich es nicht böse mit dir meine. Aber das verlangt nach deiner Gegenleistung. Verstehst du, worum es geht?«

Abutalip schwieg, verzweifelt zählte er im Kopf die Minuten, um die sie sich der Zwischenstation näherten. Also würde er die Seinen nicht mal durchs Fenster sehen können. Dieser Gedanke bohrte in seinem Hirn.

»Was schweigst du? Ich frage dich, ob du begreifst, worum es geht?« forschte Tansykbajew.

Abutalip nickte. Natürlich begriff er.

»Das hättest du längst sagen sollen!« Tansykbajew deutete das Nicken als Zeichen des Einverständnisses, stand auf, trat zu Abutalip und legte ihm sogar die Hand auf die Schulter. »Ich wußte ja, du bist kein Dummkopf, du wirst schon auf den richtigen Weg finden. Wir sind uns also einig. Daß es keinen Zweifel gibt. Mach, was ich sage. Vor allem aber reg dich bei der Gegenüberstellung nicht auf, sieh dem anderen in die Augen und sag, wie's ist. Popow ist der Resident, er wurde fünfundvierzig von der englischen

Spionage angeworben, war vor der Deportation auf einer Beratung bei Tito persönlich, hat eine langfristige Aufgabe für den Fall innerer Unruhen. Das reicht. Jetzt zu diesem Tataren Sejfulin – sagen wir so: Sejfulin ist Popows rechte Hand. Das genügt. Das übrige erledigen wir selber. Gib deine Erklärungen ab und sei unbesorgt. Dir droht nichts. Rein gar nichts. Ich leg dich nicht rein. Das wär's. Mit Feinden machen wir kurzen Prozeß, Feinde liquidieren wir. Mit Freunden arbeiten wir zusammen, die kriegen Nachlaß. Denk dran. Und denk auch daran, daß ich mit mir nicht spaßen lasse. Warum bist du nur so blaß, so verschwitzt, fühlst du dich etwa nicht wohl? Ist es schwül?«

»Ja, mir ist gar nicht gut«, sagte Abutalip und bezwang einen Anfall von Schwindel und Übelkeit, als hätte er sich an schlechtem Essen den Magen verdorben.

»Na, dann will ich dich nicht länger aufhalten. Geh jetzt in dein Abteil, und ruh dich bis Orenburg aus. Aber dort mußt du dastehn wie eine Eins. Merk dir das. Bei der Gegenüberstellung gibt es kein Schwanken! Kein ›Ich erinnere mich nicht, weiß nicht, hab vergessen‹ und so weiter. Spuck alles aus, wie's ist, und basta. Das übrige laß unsere Sorge sein. Das erledigen wir selber. Das wär's. Jetzt wollen wir uns nicht mit Geschreibsel befassen, geh und ruh dich aus, nach der Gegenüberstellung in Orenburg unterschreiben wir die Papiere, das muß sein. Die Aussagen mußt du dann unterschreiben. Jetzt geh. Ich denke, wir sind uns einig.«

Mit diesen Worten schickte Tansykbajew Abutalip

in sein Gefangenenabteil. Von dem Augenblick an begann für Abutalip gewissermaßen ein neuer Abschnitt, ein eigenes Leben. Er hatte den Eindruck, als beschleunige der Zug die Fahrt. Draußen huschten gut bekannte Orte vorüber, bis Schneesturm-Boranly blieben nur noch wenige Minuten. Er mußte sich beruhigen, sich zusammennehmen und warten, sich auf einen beliebigen Ausgang gefaßt machen, vor allem aber mußte der Zug seine Geschwindigkeit verlangsamen. Der Zug muß langsamer fahren, dachte er, eine unbekannte Kraft beschwörend, und bald darauf spürte er, oder es kam ihm nur so vor, daß der Zug offenkundig die Geschwindigkeit verminderte, das ärgerliche Flimmern draußen hörte auf. Da sagte er sich: Alles wird so sein, wie ich es erflehe! Er überlegte nun ruhiger, hörte auf zu keuchen, preßte die Hände an die Brust, preßte sich an das vergitterte Fenster und wartete.

Der Zug näherte sich tatsächlich der Ausweichstelle Boranly, wohin das Elend ihn und seine Familie als Paria getrieben, wo er sich eingelebt und davon geträumt hatte, die Unbilden der Geschichte würden ausgestanden sein, bis die Kinder herangewachsen wären. Doch auch das sollte ihm nicht beschieden sein. Die Familie blieb der Willkür des Schicksals ausgesetzt, er selber aber fuhr jetzt in einem Gefängniswagen vorüber.

Abutalip blickte so gespannt zum Fenster hinaus, als müsse er sich das, was er sah, fürs ganze Leben einprägen, bis zum letzten Seufzer, zum letzten Lichtschein in den Augen. Und alles, was er zu dieser vormittäglichen Stunde des winterlichen Februartages sah

– die Schneeverwehungen, den nackten Erdboden, die stellenweise kahlgefegte und stellenweise verschneite Steppe –, nahm er wahr wie eine heilige Erscheinung, voll Beben, Sehnsucht und Liebe. Da war der Hügel, da die kleine Schlucht, da der Pfad, wo er mit Saripa, das Gerät geschultert, zu Gleisausbesserungsarbeiten gegangen war, da war die Wiese, auf der im Sommer die Kinder aus Boranly herumgetollt waren, auch seine Jungen, Daul und Ermek ... Dort drängten sich Kamele, und da waren noch ein paar, darunter Ediges Karanar, den erkannte er schon von weitem, er war noch immer so gewaltig, trottete gemächlich irgendwohin. Aber was war das – plötzlich schneite es, in den Luftwirbeln vor dem Fenster tanzten große Flocken. Nun ja, vom Morgen an hatte sich der Himmel bewölkt, also war mit Unwetter zu rechnen, wenn der Schnee doch nur ein wenig warten würde, ein ganz klein wenig, schon waren ja die Kamelpferche zu sehen und das erste Dach mit einer Rauchfahne über dem Schornstein, und da war ja auch die Weiche an der Einfahrt, der Zug fuhr mit stampfenden Rädern auf das Ausweichgleis, und da bei der Bude stand der Weichensteller mit der Flagge, das war doch Kasangap, knorrig wie ein vertrockneter Baum, o Gott, schon ist das Bahnwärterhäuschen vorübergehuscht, und mit herabgeminderter Geschwindigkeit fährt der Zug an der kleinen Siedlung vorüber: Da sind schon die Häuser, die Dächer und Fenster, gerade ist jemand in ein Haus hineingegangen, Abutalip hat nur seinen Rücken gesehen, und da zimmert Edige etwas aus Stangen und Brettern, baut eine Art Hütte für die Kinder, ja, das ist Edige, in Wattejacke und mit aufgekrempelten Ärmeln, neben ihm seine Töchter, und da ist doch Ermek, mein lieber Junge, er steht bei Edige und reicht ihm irgendwas vom Boden, mein Gott, sein Gesicht ist nur vorübergehuscht – aber wo ist Daul, wo ist Saripa? Da geht eine Schwangere, das ist die Frau vom Leiter der Ausweichstelle, Saule, und da ist ja auch Saripa mit einem auf die Schultern gerutschten Tuch, Saripa mit Daul, sie hat den Jüngeren an der Hand, sie gehen dahin, wo Edige mit den Kindern an etwas baut, gehen und wissen nicht, daß er sich krampfhaft die Hand vor den Mund preßt, um nicht aufzuschrein, nicht wild und verzweifelt zu brüllen: »Saripa! Liebste! Daul! Daul, mein Söhnchen! Ich bin's! Ich sehe euch zum letztenmal! Lebt wohl! Daul! Ermek! Lebt wohl! Vergeßt mich nicht! Ohne euch kann ich nicht leben! Ohne euch sterbe ich, ohne meine lieben Kinder, ohne meine geliebte Frau! Lebt wohl!«

Auch als der Zug längst die endlos herbeigesehnte Ausweichstelle Schneesturm-Boranly hinter sich gelassen hatte, erstand alles, was er in diesen wie ein Traum vorübergehuschten kurzen Momenten gesehen und durchlebt hatte, wieder und wieder vor seinen Augen. Schon fiel der Schnee vor dem Fenster in dichten Flocken, schon lag alles weit zurück, doch für Abutalip Kuttybajew war die Zeit an jenem Ort stehengeblieben, an jenem Abschnitt des Weges, der den ganzen Schmerz und den Sinn seines Lebens barg.

Er konnte sich nicht vom Fenster losreißen, obwohl es wegen des Schnees schon nutzlos war hinauszusehen. Er blieb ans Fenster gefesselt, erschüttert, weil er ungeachtet seines inneren Widerstandes, mehr noch, seiner Empörung gegen die Ungerechtigkeit genötigt war, sich einem fremden Willen unterzuordnen und still, heimlich an Frau und Kindern vorüberzufahren wie ein stummes Geschöpf, denn dazu hatte ihn die Kraft gezwungen, die ihm die Freiheit geraubt hatte, statt aus dem Zug zu springen, sich zu melden, offen und freudig zu der vor Sehnsucht verzehrten Familie zu laufen; er mußte sich darauf beschränken, auf erniedrigende und jämmerliche Weise zum Fenster hinauszublicken, mußte sich von Tansykbajew wie ein Hund behandeln lassen, dem man befohlen hat, in einer Ecke zu sitzen und sich nicht zu rühren. Und um sich irgendwie zu beruhigen, seine Gedanken weiterzuspinnen, legte er sich selbst einen Schwur ab, der in seinen Ohren hallte, auch wenn er ihn nicht laut aussprach …

Die bittere Süße der flüchtigen Begegnung kostete Abutalip bis zum letzten Tropfen aus. Nur das lag noch in seiner Macht, nur dazu reichte sein Willen – in Gedanken alles noch einmal aufleben zu lassen, es sich in allen Einzelheiten optisch wieder zu vergegenwärtigen: wie er zuerst Kasangap gesehen hatte, als Weichensteller nach wie vor mit der Flagge in der sehnigen Hand seinen gewohnten Platz einnehmend, wie viele Züge hatte er in seinem Leben schon passieren lassen, mal an einem, mal am anderen Ende der Ausweichstelle stehend; dann die Dächer und Fenster der Boranlyer Häuschen, die Pferche fürs Vieh, die Rauchfahnen über den Schornsteinen und dann, wie er fast am eigenen Schrei, an der Verzweiflung erstickt wäre und sich gerade noch den Mund zuhalten konnte, als er an der Seite von Schneesturm-Edige, diesem Getreuen, der auf der Welt wie ein Fels stand und stets sich selbst treu blieb, unter den Kindern Ermek erblickte. Dieser hatte Edige, der gerade etwas für die Kinder baute, ein Brett gereicht oder etwas Ähnliches, offenbar für eine ihnen zugedachte Spielhütte, so deutlich, so klar hatte er all das in den wenigen Minuten gesehen – Edige, lebhaft den Kindern zugewandt, groß, stämmig, dunkelgesichtig, in Wattejacke mit aufgekrempelten Ärmeln, in Segeltuchstiefeln, daneben den Jungen mit der alten Wintermütze und Filzstiefeln auf dem Weg zu ihnen und Saripa mit Daul an der Hand. Liebe, arme Saripa, so lebendig, so nah hatte er sie gesehen – mit dem auf die Schultern gerutschten Tuch, das die welligen schwarzen Haare freigab, mit dem bleichen Oval ihres Gesichts, das so rührend war und nach dem er sich so gesehnt hatte, mit dem aufgeknöpften Mantel, den derben Stiefeln, die er ihr gekauft hatte, und mit dem Daul zugeneigten Kopf; sie sagte wohl gerade etwas zu ihm. All dieses unendlich Teure und Vertraute begleitete ihn noch lange, während er in Gedanken nach der Begegnung Abschied nahm ... Nichts konnte ihm je diesen Verlust ersetzen ...

Den ganzen Tag über schneite es, fegte und wirbelte Schnee übers Land. Auf einem Bahnhof vor Orenburg hatte der Zug eine ganze Stunde Aufenthalt – die Gleise mußten vom Schnee geräumt werden. Stimmen waren zu hören, viele Menschen arbeiteten da, verwünschten das Wetter und alles auf Erden. Dann ruckte der Zug wieder an und fuhr weiter, von Schneewirbeln eingehüllt. Lange brauchten sie, um nach Orenburg hereinzukommen – die Bäume längs der Bahnstrecke reckten ihre stummen, knorrigen, schwarzen Stämme schemenhaft wie verdorrtes Gehölz auf einem verlassenen Friedhof. Die Stadt selbst war praktisch nicht zu sehen. Auf dem Rangierbahnhof standen sie wieder lange in der Nacht – der Sonderwagen wurde abgekoppelt, also waren sie angekommen. Abutalip merkte es an dem Rucken beim Ab- und Ankuppeln der Wagen, an den Stimmen der Rangierer, am Heulen der manövrierenden Lokomotiven. Dann zogen sie den Wagen noch irgendwohin, wahrscheinlich auf ein Abstellgleis.

Es war bereits tiefe Nacht, als der Sonderwagen auf dem ihm zugewiesenen Platz abgestellt war. Ein letzter Ruck, ein letztes Kommando von unten: »Gut! Hau ab!« Der Wagen blieb stehen wie angewurzelt.

»Wir sind da! Pack deine Sachen! Komm raus, Gefangener!« befahl der Oberaufseher Abutalip und öffnete die Abteiltür. »Trödel nicht! Los! Hast du's verschlafen? Raus an die frische Luft!«

Abutalip erhob sich langsam und sagte abwesend, dicht an den Aufseher herantretend: »Ich bin bereit. Wohin soll ich gehen?«

»Na, wenn du bereit bist, vorwärts!«

»Wohin es geht, wird der Begleitposten zeigen.« Der Aufseher ließ Abutalip in den Flur hinaus und brüllte ihm plötzlich verwundert und empört hinterher: »Und dein Gepäcksack soll wohl dableiben? Wo rennst du hin? Warum nimmst du deine Sachen nicht mit? Soll ich dir vielleicht einen Gepäckträger besorgen? Zurück, hol deine Klamotten!«

Langsam kehrte Abutalip in das Abteil zurück, ergriff unwillig das vergessene Bündel, und als er wieder in den Flur hinaustrat, stieß er fast mit zwei örtlichen Mitarbeitern zusammen, die hastig und besorgt durch den Wagen gingen.

»Halt!« Der Aufseher drückte Abutalip an die Wand. »Laß sie vorbei! Laß die Genossen vorüber.« Als Abutalip den Wagen verließ, hörte er, wie die zwei an Tansykbajews Abteil anklopften.

»Ja, ja!« antwortete der.

»Genosse Tansykbajew!« Abutalip, der bereits auf der Plattform vor dem Ausgang stand, hörte erregte Stimmen.

»Seien Sie willkommen! Wir haben Sie schon erwartet. Warten schon lange! Aber bei uns schneit es! Verzeihung! Gestatten Sie, daß wir uns vorstellen, Genosse Major!«

Ein bewaffnetes Kommando – drei Mann in Ohrenklappenmützen und Soldatenuniform – standen unten und warteten auf den Gefangenen, der über die Gleise zu einem gedeckten Wagen auf dem Bahnhof gehen sollte. »Los, geh schon! Worauf wartest du?« drängte ihn ein Soldat.

Begleitet vom Aufseher, stieg Abutalip schweigend aus dem Zug. Jäh spürte er schneidende Kälte, stob ihm Pulverschnee entgegen. Von dem eiskalten Griff verkrampfte sich seine Hand. Dunkelheit, aufgerissen von Signallampen eines unbekannten Bahnhofs, ein Wirrwarr von Schienen, die der Schnee verwehte, Warnpfiffe von manövrierenden Schiebelokomotiven. Alles verwirrte sich vor Abutalips Augen.

»Ich übergebe den Gefangenen Nummer siebenundneunzig!« meldete der Oberaufseher dem bewaffneten Kommando.

»Ich übernehme den Gefangenen Nummer siebenundneunzig!« echote der Kommandoführer.

»Das wär's! Geh, wohin man dir befiehlt!« sagte der Oberaufseher zum Abschied zu Abutalip. Und aus irgendeinem Grund setzte er hinzu: »Da verfrachtet man dich in ein Auto und bringt dich weg ...«

Unter der Bewachung ging Abutalip die Gleise entlang, überschritt auf gut Glück Schienen und Schwellen. Im Gehen versuchten sie, sich gegen den Schnee abzuschirmen. Abutalip trug seinen Gepäcksack auf der Schulter. Hier und da ertönte das Tuten von Lokomotiven der Nachtschicht.

Tansykbajews Orenburger Kollegen, die in seinem Coupé erschienen waren, um ihn in ein Hotel zu bringen, blieben allerdings zurück, feierten seine Ankunft. Sie hatten vorgeschlagen, gleich im Coupé auf ihre Begegnung zu trinken und einen Imbiß einzunehmen – ohnehin war es Nacht und keine Arbeitszeit. Wer hätte da nicht eingewilligt! Während ihrer Unterhaltung hielt Tansykbajew es für möglich, mitzuteilen, die Sache gehe in Ordnung, vom Erfolg der Gegenüberstellung, derentwegen sie aus Alma-Ata gekommen seien, könne man überzeugt sein.

Die Kollegen kamen sich schnell näher und plauderten lebhaft, als von draußen plötzlich erregte Stimmen ertönten, Füße durch den Korridor trampelten. Ins Coupé stürzten ein Wachposten und der Oberaufseher. Der Posten war blutverschmiert. Mit wildem, verzerrtem Gesicht, vor Tansykbajew salutierend, schrie er: »Der Gefangene Nummer siebenundneunzig ist tot!«

»Wieso tot?« Außer sich sprang Tansykbajew auf. »Was heißt tot?«

»Er hat sich unter eine Lok gestürzt!« erklärte der Oberaufseher.

»Was soll das heißen? Wie hat er sich gestürzt?« Wütend schüttelte Tansykbajew den Aufseher.

»Als wir uns den Gleisen genähert hatten«, begann der Begleitposten verworren zu erläutern. »Links und rechts fuhren Rangierloks. Auch ein Zug manövrierte, fuhr hin und zurück ... Wir blieben dort stehen, um abzuwarten ... Plötzlich holte der Gefangene mit dem Gepäcksack aus, schlug mich auf den Kopf und stürzte sich selbst vor die Lok, unter die Räder ...«

Alle schwiegen fassungslos. Das hatten sie nicht erwartet. Tansykbajew drängte zum Ausgang.

»Dieses Dreckschwein, rausgewunden hat sich der Hund«, fluchte er mit zitternder Stimme. »Hat alles platzen lassen! Das hat uns gerade gefehlt! Abgehauen ist er, abgehauen!« Er machte eine resignierende Handbewegung und goß sich ein Glas voll Wodka ein.

Seine Orenburger Kollegen aber versäumten nicht, dem Posten zu sagen, daß das Begleitkommando die gesamte Verantwortung für den Vorfall trage ...

Tschingis Aitmatow im Unionsverlag

Dshamilja
»Die schönste Liebesgeschichte der Welt.« 94 Seiten, geb. oder als UT 1

Die Klage des Zugvogels
Frühe Erzählungen aus den Jahren 1953 bis 1965. Sie dokumentieren den Weg des Autors zum Erneuerer einer erstarrten Literatur.
240 Seiten, gebunden oder als UT 32

Aug in Auge
Aitmatows Erstling, ein Jahr vor »Dshamilja« erschienen. Auf solche Weise war von Armut und Kriegsnot im Hinterland noch nicht geschrieben worden. 112 Seiten, gebunden oder als UT 30

Der Richtplatz
Awdji Kallistratow, der ausgestoßene Priesterzögling, geht auf die Suche nach den Wurzeln der Kriminalität - eine Reise, die ihm zum Kreuzweg wird. 468 Seiten, gebunden oder als UT 13

Ein Tag länger als ein Leben
Die erweiterte Neuausgabe: »Angesichts des Wirbels von Ereignissen hatte ich begriffen, daß ich den Roman anders schreiben mußte – ohne zu vereinfachen, ohne mich zu zügeln.« 504 Seiten, gebunden

Du meine Pappel im roten Kopftuch
Iljas, der Lastwagenfahrer, will das verschneite Pamirgebirge bezwingen. Dabei verspielt er die Liebe seines Lebens und verstrickt sich in den Fängen seines Stolzes. 168 Seiten, gebunden oder als UT 6

Abschied von Gülsary
Der Hirte Tanabai und sein Prachtpferd Gülsary haben ein Leben lang alles geteilt: Arbeit und Feste, Siege und Niederlagen, Sehnsucht und Enttäuschung. 216 Seiten, UT 16

Der weiße Dampfer
»Er hatte zwei Märchen. Ein eigenes, von dem niemand wußte. Und ein zweites, das der Großvater erzählte. Am Ende blieb keins übrig. Davon handelt diese Erzählung.« 160 Seiten, gebunden oder als UT 25
